쥐뿔도 없는 회귀

쥐뿔도 없는 회귀 17

목마 퓨전 판타지 장편소설

초판 1쇄 찍은 날 | 2019년 10월 17일
초판 1쇄 펴낸 날 | 2019년 10월 24일

지은이 | 목마
펴낸이 | 예경원

기획 | 위시북스
편집책임 | 이은송
편집 | 위시북스

펴낸곳 | 예원북스
등록번호 | 제396-2012-000132호
등록일자 | 2012. 7. 25
KFN | 제1-478호

주소 | 경기도 고양시 일산동구 호수로 646-24 위너스21II빌딩 206A호 (우)10401
전화 | 031-819-9431 팩스 | 031-817-9432
E-mail | yewonbooks@naver.com

ⓒ목마, 2018

ISBN 979-11-365-0420-3 04810
　　　979-11-6098-833-8 (set)

쥐뿔도 없는 회귀

목마 퓨전 판타지 장편소설

17

WISHBOOKS FUSION FANTASY STORY

Wish Books

CONTENTS

1장
혈맹(2)

혈마가 개벽의 빛 속으로 뛰어들었다.

아수라파천무와 무극이 충돌했다. 충돌의 순간, 혈마는 알았다. 저 한 번의 찌르기에 실린 무리가 얼마나 높은지.

아수라파천무로는 안 된다. 나는 이것을 감당할 수가 없다. 바라왔던 순간에 닿아, 혈마는 담담하게 그 사실을 받아들였다. 발악해 보았자 안 되는 것은 안 된다.

700년 동안 무의 길에서 발악해 왔기에, 혈마는 그 누구보다 그 사실을 잘 알고 있었다.

그렇다고 해서 포기하지는 않았다. 발악해 보았자 안 된다는 것을 알아도, 지금은 발악해야만 했다. 죽지 않기 위해서가 아니라, 저 공격의 무게를 최대한 느끼기 위해서.

혈마는 주저하지 않고 앞으로 손을 뻗었다. 일수에 대산(大

山)을 손쉽게 붕괴시킬 만한 힘이 혈마의 손에 깃들어 있었으나, 그 힘이 발현되는 일은 없었다.

충돌은 충돌이 아니었다. 강기가 흩어지고 손끝이 바스러진다. 통증은 없었다.

혈마는 우직하게 팔을 끝까지 밀어 넣었고, 자신의 팔이 완전히 바스러져 가루가 되어 흩어지는 것을 보았다.

'더⋯⋯.'

반대쪽 팔을 움직인다. 꽉 쥔 주먹에 힘을 주어 휘둘렀다.

혈마의 주먹은 빛을 꿰뚫지 못했다. 무극의 빛 앞에서 그의 주먹이 가진 힘은 어설프고 나약했다.

양팔이 바스러진 뒤에, 혈마는 주저하지 않고 발을 들었다. 그는 쓸 수 있는 모든 수단을 사용해 공격을 감행했다.

[그만.]

경고한 것은 허주였다.

빛이 사라졌다. 오랜만에 단전에서 텅 빈 공복감이 느껴졌다. 끝이 없을 정도로 많았던 내공과 요력이 대부분 고갈되었다.

이성민은 크게 숨을 들이마시며 떨리는 창과 그를 잡고 있는 손을 내려 보았다. 창은 여전히 무거웠다.

구천무극창 마지막 초식. 무극.

주화입마의 위험을 감수하고 펼쳤지만, 걱정했던 주화입마는 찾아오지 않았다. 그리고…….

이성민은 꿀꺽 침을 삼켰다.

사지가 사라진 혈마의 몸이 추락하고 있었다. 그가 가진 경
이적인 불사력은 상처를 재생시키지 못했다.

사마련주가 욕심을 내어 심득을 불어넣은 무극은, 구천무극
창뿐만이 아니라 흑뢰변천의 모든 정수가 담겨져 있었다.

몸을 짓누르는 탈진감은 개벽을 처음 썼을 때와 같았다.

쿠웅.

혈마의 몸이 바닥에 추락했다. 혈마는 숨을 헐떡거리며 위
를 올려 보았다. 양팔과 양다리에 아무 감각이 없다.

혈마는 시선을 돌려 옆을 보았다. 사라져 있는 팔다리가 재
생이 안 된다. 그런 주제에 추락으로 인한 내상과 미약한 골절
은 순식간에 재생되었다.

'이건 흥미롭군.'

더 이상 싸울 수 없는 상황에서도, 혈마는 자신의 몸에 일
어난 일을 확인하면서 피식 웃었다.

혈마가 보고 겪은 모든 것은 제니엘라에게도 전해진다. 이
것으로 제니엘라는 이성민이 마지막에 선보인 공격이 얼마나
위력적인지 알게 될 것이다.

뱀파이어의 불사력을 부정하는 공격……. 일종의 저주라고
해야 할까.

혈마는 피조차 흐르지 않은 상처를 힐긋 보았다. 대체 왜 상처가 재생되지 않는지 궁금하였지만, 그것에 관해 탐구하고 답을 내는 것은 혈마의 역할이 아니었다.

"축하하네."

혈마는 땅에 내려온 이성민을 향해 말했다.

이성민은 떨리는 호흡을 가다듬었다.

무극을 펼쳤다. 펼칠 수 있게 되었다. 진정한 의미의 신창합일을 이루었고, 창의 무게를 알게 되었다.

무극의 무리…… 초식의 형을 따르지 않고서는 펼치는 것이 불가능하다.

구천무극창의 마지막 초식인 무극은 자유롭게 펼치기에는 너무 멀리 있는 무공이었다. 게다가, 처음 개벽을 펼쳤을 때와 마찬가지다. 지금 이성민의 수준에서 무극을 펼치면 강제적인 탈진 상태에 빠져 버린다.

[완전한 요괴의 몸이 되고도 이러다니. 한심한 새끼.]

'몸뚱이의 문제라기보다는……. 나 자신의 문제지.'

[알긴 잘 아는군. 네 머리가 빡통이라서 펼친 무공을 제대로 이해하지 못하는 것이다.]

'그럼 너는 이해하나?'

[내가 무공을 익힌 것도 아닌데 어떻게 이해하겠냐? 그냥 그러려니 하는 것이지. 창왕, 그 미친놈과 똑같은 경우다. 뱁새가

황새를 따라가려니 가랑이가 찢어진 것이지. 네가 가진 무리로는 무극을 완전히 펼칠 수가 없어. 그나마, 초식의 형을 따라서 흉내 내는 것이 고작이다.]

'……방금의 위력이…… 흉내라고……?'

[제법 잘 흉내 낸 것이지. 제대로 쓸 줄도 모르면서 방법만 두고서 얼추 흉내 낸 것 아니냐?]

차마 부정할 수가 없는 말이었다. 무공의 형을 이해하고 있지 않았더라면 펼치는 것조차 불가능했을 것이다.

부족한 것은 무리인가.

'그렇다면 육체는?'

사마련주는 초월지경에 들어 환골탈태를 한 번 더 겪었다고 했다. 이성민은 아직 그런 경험을 하지 않았다.

"생각이 많은 모양이군."

바닥에 널브러진 혈마는 어떻게든 몸을 일으켜 주저앉았다. 그는 사라진 양팔과 양다리를 힐긋거리며 말했다.

"지쳐 보이는데. 아직 완전히 다룰 수가 없는 모양이지?"

"……상처가 재생되지 않는군."

"놀라운 일이야. 이런 경험은 뱀파이어가 된 후로 처음이군."

혈마가 껄껄 웃으며 말을 받았다.

이성민은 저런 몰골이 되고서도 주눅 들지 않고 웃는 혈마를 보며 기묘한 기분을 느꼈다.

"삶에 미련이 없나?"

"그를 느끼기에는 너무 오래 살았지."

"도망칠 수도 있었을 텐데."

"미련이 없는데 뭐 하러 도망치나."

"심문하면, 대답해 줄 건가?"

"맹세로 나를 강제할 수는 없을 걸세. 진실을 말하라 하면 나는 즉시 거짓을 말할 테니까. 그렇게 되면 어떻게 되는지 자네도 잘 알겠지?"

혈마가 빙그레 웃으며 말했다. 그 말에 이성민은 쓰게 웃을 수밖에 없었다.

삶에 미련이 없다. 죽는 것을 바라고 있다.

죽으면 혈마가 이룩한 힘은 사라지는 것이 아니라 제니엘라에게 되돌아간다. 이런 상황에서 맹세를 강요하여 심문하는 것은 불가능했다.

"순순히 대답해 줄 마음은 없겠지?"

"없네."

혈마가 고민 없이 대답했다. 이성민은 혈마에게 다가갔다. 그렇다면 더는 혈마에게 볼 일은 없었다.

혈마는 바로 앞에 선 이성민을 올려 보며 물었다.

"자네도 바보는 아닐 거야."

혈마가 어깨를 으쓱거렸다.

"나를 죽인다면, 내 힘이 제니엘라에게 되돌아간다는 것은 알겠지. 그래서 두 가지를 생각했네. 나를 봉인하거나…… 나를 먹거나. 효율을 따지자면 당연히 나를 먹는 것이 낫겠지. 어느 쪽인가?"

"먹는 것."

"그렇군."

혈마는 머리를 끄덕거리며 눈을 감았다.

제니엘라의 안으로 돌아가지 못하는 것이, 조금 아쉽다고 느껴졌다. 너도 아쉬워할까. 혈마는 북쪽에 있는 제니엘라를 떠올렸다. 그래도, 마지막까지 부탁은 들어주었다. 양부라고는 해도 아버지로서 해줄 수 있는 일은 모두 해주었다.

혈마는 만족스럽게 웃었다.

[심장을 먹는 편이 좋을 게다.]

'굳이 그렇게 먹어야 하나?'

[내키지 않아도 그편이 나을 거야. 아마…… 이곳에서 무슨 일이 벌어졌는지는 제니엘라도 알고 있을 것이다. 혈마는 제니엘라에게서 비롯된 뱀파이어니까 말이야. 놈이 지금 보고 있는 것도 제니엘라에게 흘러 들어갔겠지. 무슨 소리인지 알겠냐?]

'내 힘이 노출되었다는 것.'

그 정도는 이미 알고 있었다.

[혈마의 노림수가 그것이었을 지도 모르지. 놈은 무리해 가

며 너의 모든 것을 끌어냈다. 제니엘라는 혈마를 버리는 말로 사용하면서 네 전력을 파악했어. 이건 앞으로 제니엘라와의 싸움에서 꽤 불리하게 작용할 것이다.]

그를 앎에도 하지 않을 수가 없었다. 이곳에서 혈마를 죽이는 편이 이득이었으니까.

결국, 교환했을 뿐이다. 이성민은 제니엘라가 가지고 있는 큰 힘 중 하나인 혈마를 죽이고, 제니엘라는 혈마를 버리면서 이성민의 전력을 파악했다.

[요정의 숲으로 가지 말라는 것은, 요정의 숲이 노출될 가능성이 있기 때문이다.]

'제니엘라라면 내가 요정의 숲을 거점으로 삼고 있다는 것 정도는 눈치채고 있을 텐데.'

[굳이 확신을 갖게 할 필요는 없다는 것이지.]

허주의 말을 들으면서 이성민은 혈마를 향해 손을 뻗었다.

허주의 조언에 동감했다. 굳이 확신을 줄 필요는 없다. 내키지 않고, 익숙하지 않은 일이라고 해도. 지금 상황에서는 무리해서라도 해야만 했다.

심장, 심장이라.

백소고를 데리고 오지 않은 것을 다행이라 생각했다.

제니엘라는 두 눈을 감았다. 그녀의 눈이 보고 있는, 혈마가 보고 있는 것들이 흐려지고 있었다.

가슴이 열리고 심장이 뽑히는 순간에도 혈마는 비명을 지르지 않았다. 그 순간에 혈마는 만족과 성취감을 느끼고 있었다. 죽음을 바랐고, 오늘 죽음을 이루었다.

시야가 완전히 흐려진다. 심장이 입안으로 들어가는 것을 보며 제니엘라는 피식 웃었다.

"많이 변했네요."

여기서 하는 말은 들리지 않겠지만. 제니엘라는 그렇게 중얼거렸다.

검은 심장을 가지고 있는 이상 심장을 포식하는 편이 힘을 늘리는 것에는 가장 빠른 방법이겠지. 게다가 완전한 요괴가 되어버렸으니 포식으로서 요력이 폭주할 가능성도 없어졌다.

'그래도, 진짜 먹을 줄은 몰랐는데.'

요괴가 되었다고는 해도 정신은 인간으로 남아 있으니까. 포식이라는 것에 거부감을 갖고서 거부할 것이라고 생각했었다.

하지만 생각과는 달랐다. 그것이 조금 놀라웠을 뿐이다.

제니엘라는 더 이상 보는 것을 그만두었다. 마침 혈마의 시야가 완전히 어둡게 변해 버렸다.

혈마는 죽었다.

본래라면 혈마가 가진 힘이 제니엘라에게 되돌아와야 했지만, 힘은 돌아오지 않았다.

"그 빌어먹을 심장 도둑은 아이네와는 다릅니다."

프레스칸이 투덜거렸다.

"검은 심장을 중심으로 육체를 구성한 아이네는 포식한 것을 그대로 자신의 몸뚱이에 더해 힘으로 삼을 수 있지만, 심장 도둑은 아닙니다. 놈은 애초부터 인간이었어요. 요괴의 몸이 되었다고는 해도, 포식을 통해 아이네만큼의 효율을 거둘 수는 없습니다."

그것이 키메라인 아이네와 이성민의 가장 큰 차이였다. 똑같은 심장을 가졌다고는 해도 육체의 구성법이 다르다.

"아버지가 죽었네."

제니엘라의 뒤를 따라오던 제미니가 목소리를 냈다.

"퀸은 슬프지 않아? 그래도, 700년이나 우리랑 함께 지냈잖아. 나 다음에 만든 혈족이기도 했고. 우리가 힘이 없던 시절에, 우리가 죽지 않도록 지켜줬던 것이 아버지잖아."

"내가 죽어달라고 말한 것도 아닌걸."

제니엘라가 제미니를 힐긋 돌아보며 말했다.

이를 드러내며 웃고 있는 제미니의 얼굴을 보면서, 제니엘라는 손을 뻗어 그녀의 머리카락을 헤집었다.

"죽으려 한 것은 아버지였어. 기왕이면, 조금 더 늦게…… 우리랑 같이 죽었으면 좋았겠지만, 자기가 그러기 싫다는 것을 어떡해?"

"아버지는 그런 성격이니까. 수백 년이나 흘렀는데도 무인이라서, 싸우는 것이 좋았던 거야."

"덕분에 필요한 것들을 알게 되었어. 지금이라도 알게 되어서 다행이지."

제니엘라는 진심으로 그렇게 생각했다.

뱀파이어의 재생력조차 무시하고서 상처를 새겨놓았다. 혼자체에 타격을 입히는 공격. 그런 공격을 정면으로 받는다면 제니엘라라고 해도 무사하지는 않을 것이다. 그것에 제니엘라는 오싹한 쾌감을 느꼈다.

"어쩔 거야?"

제미니가 물었다.

"그 인간, 너무 강해져 버렸잖아. 혼자여도 귀찮은데 주변에 동료도 많아졌어."

"그러네. 묵섬광도 회복한 모양이고…… 구미호에 적색 현자. 소문을 들어보니 교회의 성인까지 합류한 모양이야."

"내버려 둘 거야?"

제미니가 궁금하다는 표정을 지으며 물었다. 그 질문에 제니엘라는 킥킥거리며 웃었다.

"지금 내가 나서서 죽일 필요는 없을 것 같은데."

"어째서?"

"그의 적은 나 혼자가 아니니까."

이성민은 적이 많다. 종언을 막는 것을 목적으로 둔 이상, 적이 많을 수밖에 없다. 정령의 여왕도 죽지 않았고, 무신을 꼭 두각시로 부리는 신령도 있다.

"그러니까 괜찮아."

제니엘라는 자신의 곁에 있는 아이네를 내려 보았다.

불꽃의 정령왕을 잡아먹은 그녀는 오가는 이야기를 들으며 자신과 같은 심장을 가진 이성민을 떠올리고 있었다.

제니엘라는 그런 아이네를 보며 빙그레 웃었다.

"지금은 하던 일을 마저 끝내야지."

아직 목적지는 보이지 않았다.

"검선은 맛있을까?"

아이네가 머리를 갸웃거리며 중얼거렸다.

입안에 역겨운 비린 맛이 남아 있었다.

이성민은 물을 입안 가득 머금었다. 뱉고, 머금고, 뱉고. 목구멍 안까지 헹구었다.

비린 맛은 조금 덜해졌지만 '씹었을 때'의 식감이 남아 있었다. 그것을 식감이라고 인식하는 것도 불쾌했다.

더욱 불쾌한 것은, 씹었을 때. 역겹고 비리다고 여기면서도…… 마음 한구석에서 아주 조금 '생각보다는……'이라고 여겼던 것.

[몸은 요괴니까.]

요괴는 사람을 먹는다. 당연한 사실이다. 한때 인간이었다고는 해도, 요괴가 된 이상 식인은 자연스러운 것이다.

생리적인 거부감이 있다 하여도 몸 자체는 식인을 받아들인다. 덕분에 토악질은 없었다. 그것이 더 짜증이 난다.

내공이 크게 불어났다. 요력도 마찬가지였다.

체감될 정도는 아니었다. 고갈되었던 단전이 차오르기는 했지만, 본래부터 가지고 있던 내공과 요력이 워낙에 막대했던 탓에 혈마를 먹었어도 크게 불지는 않았다.

드래곤 하트를 먹었을 때와 똑같았다. 사마련주의 힘을 계승했을 때와도 비슷했다. 절대량은 조금 늘었고, 기억은…….

조금 혼란스러웠다.

조각난 파편과 같았다. 사마련주의 힘을 계승했을 때도, 이성민은 사마련주의 모든 것을 취하지는 못했다.

아이네가 포식을 통해 생전 처음 겪는 무공을 자유롭게 다루던 것과는 다른 일이었다.

'역시 몸뚱이의 문제인 것일까.'

조금 아쉬움을 느끼기는 했지만, 어쩔 수 없는 일이다. 욕심이 과하면 몸을 망칠 뿐이다.

"맛있었나?"

흑룡협이 궁금하단 표정을 지으며 물었다. 이성민은 말이 아니라 표정으로 대답해 주었다.

썩은 얼굴로 시선을 보내자 흑룡협이 헛기침을 했다.

야나가 다가왔다.

"뱀파이어는 없었습니다."

"도망친 것이 아니라?"

"제 이목을 숨기고 도망칠 실력의 뱀파이어가 있을 것 같지는 않군요. 퀸이라면 모를까."

"흑마법사는 많았지."

흑룡협이 손가락을 들어 한쪽을 가리켰다. 혈맹의 널찍한 연무장 한쪽 구석에 수백에 달하는 흑마법사들이 널브러져 있었다.

"생각보다는 적었네. 대부분이 조무래기였고. 보아하니 알짜배기라고 할 수 있을 만한 이들은 이미 혈맹을 떠나있던 모양이야."

'혈맹은 버리는 말이다.'

이성민은 혈마가 했던 말을 떠올렸다.

그 말대로, 혈맹은 덩치는 컸지만 그리 실속은 없었다. 무인들은 많았지만, 혈맹 무인들의 저력이라고 해봐야 제니엘라가 탐을 낼 정도는 아니다.

오히려 고위 흑마법사들이 제니엘라로서는 구미가 당겼을 것이다. 무림인과 마법사는 할 수 있는 일이 다르다. 힘이 부족하지 않은 제니엘라로서는, 흑마법을 다루는 흑마법사들을 더 필요로 여겼을지도 모른다.

'그런 기억은 없어.'

혈마가 가진 무공의 일부가 기억에 더해졌지만, 제니엘라와의 관계나 그녀의 목적은 완전히 잘려져 있었다.

이성민은 그것에 아쉬움을 느끼면서 몸을 돌렸다.

"굳이 죽일 필요는 없을 겁니다. 뒷일은 다른 이들에게 맡기도록 하지요."

"누구에게?"

"혈맹을 다스리던 혈마가 죽었습니다. 혈맹은 무너졌어요. 누군가가 혈맹의 빈자리를 메우겠지요. 마법사 길드가 개입하던가, 아니면 자기들끼리 새로이 수장을 뽑거나. 혈마가 없는 혈맹은 위협이 못 됩니다."

"자네는 그것으로 만족하나?"

흑룡협이 머리를 갸웃거리며 물었다.

"사마련주가 다스리던 곳이 더럽혀졌다는 것에 분노한 것 아니었나?"

"증명은 이미 끝났습니다."

이성민은 혈마가 누워 있던 자리를 보았다.

그곳에 시체는 없었다.

심장이 뽑히고, 그것이 먹히고 나서 혈마의 시체는 붉은 안개가 되어 흩어졌다.

이성민은 사라지기 직전, 혈마가 짓고 있던 표정을 떠올렸다. 이런 죽음을 맞았음에도 그는 최후까지 만족스러운 미소를 짓고 있었다.

무엇이 그를 만족시킨 것일까.

싸우다 죽은 것? 아니면 자신이 보고 겪은 것을 그대로 제니엘라에게 전해줄 수 있었다는 것? 어느 쪽이든 700년이라는 긴 삶의 마무리로 치기에는 허무한 결말 아닌가.

그런 생각이 들어서, 혈마를 죽였음에도 기분이 그리 좋지 않았다. 혈마라는 인간, 아니, 뱀파이어를 조금도 이해할 수가 없었기 때문이었다. 이해하지 않았기에 기분이 나쁘다. 혈마가 적이었음에도 그랬다.

혈마는…… 강했다. 뱀파이어라는 것을 떠나 무인으로서도 뛰어났다.

이성민은 혈마에 대한 생각을 멈추었다.

이해가 되지 않았고, 이해하고 싶지도 않았다. 생각해야 할 것은 다음의 일이다.

혈마의 힘은 제니엘라에게 돌아가지 않았다. 직접 나서서 제니엘라의 수족을 잘라낸 이상, 그녀의 보복도 염두에 두어야만 한다.

'애초에 제니엘라가 무엇을 하려는 것인지 모르겠어.'

그녀가 트라비아를 떠난 이유가 불꽃의 정령왕을 아이네에게 먹이기 위해서라면 그다음은 어디로 갈까. 볼일이 끝났으니 트라비아로 돌아갈까? 아니면 아이네에게 다른 정령왕을 포식하게 하기 위해서 이동할까.

아이네의 힘이 커지게 내버려 두어서는 안 된다. 창왕과 로이드, 스칼렛과 백소고가 아직 강림하지 않은 정령왕들을 역소환시키는 것에 성공한다면 최악의 경우는 피할 수 있을 것이다.

'최소한, 어디로 가는지만 파악할 수 있다면 좋을 텐데.'

에레브리사의 정보를 써서 제니엘라의 위치를 파악하는 것은 실패했다. 페무드 화산에서의 행적을 마지막으로 제니엘라의 행방은 드러나지 않았다.

트라비아로 돌아간 것일까? 그렇다면 다행이겠지만, 저택을 나선 제니엘라가 얌전히 트라비아로 돌아갈 것 같지는 않았다. 뭔가 꿍꿍이가 있는 것이 분명했다.

당장은 상황을 지켜볼 수밖에 없었다. 우선 이곳에서의 일을 끝냈으니, 요정의 숲에 돌아가고서는…… 잠자는 숲에 가 볼 생각이었다. 아직 정령의 여왕은 강림하지 않았지만, 한 번 확인해 볼 필요는 있을 것 같았다.

이성민과 흑룡협, 야나는 혈맹의 정문을 향해 갔다. 이성민이 앞장서서 문을 열었다.

문밖에는 많은 사람이 서 있었다. 당연한 일이었다. 혈맹의 누각 대부분이 붕괴했고 세상을 끝장내는 듯한 굉음이 쉬지 않고 터졌다.

병장기가 부딪치는 소리와 마법이 폭발하는 소리, 비명 소리. 그 모든 소리가 자제되지 않고서 울렸으니, 사람들이 모이는 것이 당연했다.

"가면……."

누군가가 중얼거렸다. 이성민은 모인 사람들을 쓱 둘러보았다. 무공을 모르는 양민들 틈 사이에 익힌 무공의 흔적을 한계까지 눌러둔 사람들이 보였다.

행색은 말끔하였지만, 개방 거지들도 몇 섞여 있었다. 눈을 굴리며 사태를 파악하려는 이들은 하오문일까, 개방일까, 아니면 다른 정보 길드일까.

어느 쪽이든 상관없었다.

"혈마는 죽었다."

담담한 선언에 웅성거림이 멎었다.

"사적이고, 사소한 이유였지."

사마련주와 사마련의 명예를 위해서, 라는 낯간지러운 말은 하지 않았다. 하지만 이곳에 모인 대부분이 '사적인 이유'가 무엇인지를 이해했다.

귀창은 가면을 쓰고 있었다. 그가 왜 굳이 가면을 쓰고 혈맹에 쳐들어와 혈마를 죽였겠나. 가면은 10년 전 죽은 사마련주의 상징이었다.

"죽은 이들도 꽤 많지만, 목숨이 붙은 자들도 많다. 혹 안에 가족이나 지인이 있다면 들어가 확인해 보아도 좋다. 복수하겠다고 덤빈다면 봐주지 않겠지만."

복수라니, 그런 살벌한 마음을 품는 이들은 없었다. 고작 셋이서 혈맹에 쳐들어가 승리를 거둔 괴물들이다.

특히 귀창 이성민은 사마련주의 정통 후계자이면서 사마련을 해체한 장본인이었고, 마왕 김종현과 데스 나이트 군주 볼란데르를 없앤 존재였다. 그리고 오늘, 귀창에 얽힌 일화에 다른 이야기가 추가되었다.

[공자님.]

떠나려던 이성민의 몸이 멈칫 굳었다.

그는 전음의 행방을 쫓았다. 모여 있는 군중 중, 낯이 익은 여인과 이성민의 눈이 마주쳤다.

여인의 얼굴을 본 이성민의 어깨가 가늘게 떨렸다. 10년이라는 세월이 흘러 조금 변하기는 하였지만, 그렇다고 해서 여인의 얼굴을 알아보지 못할 정도는 아니었다.

　이성민의 놀란 표정을 보고 예화는 가느다란 미소를 지으며 살짝 머리를 숙였다.

　[……잘 지내셨습니까?]

　[많은 생각을 하였고, 조금의 방황도 겪었으나…… 련주님의 유언대로 살아왔습니다.]

　사마련주의 유언은 예화를 비롯한 자신의 친위대들이 무림을 떠나 각자의 행복을 손에 넣는 것이었다.

　복수하지 말 것.

　사마련의 일에 관여하지 말 것.

　10년 동안 예화는 그렇게 살아왔다.

　이성민은 그녀가 말한 방황에 대해서 굳이 묻지는 않았다. 사마련주의 시체를 잡고 오열하던 예화의 모습이 떠올랐다.

　[……다행입니다.]

　[아직 련주님을 가슴에 두고 계십니까.]

　[잊으려야 잊을 수 없는 분이셨습니다. 그분은…… 아니라 하실 것이 틀림없지만, 저를 비롯한 친위대원들에게는 아버지와 같은 분

이셨습니다.]

그렇기에 유언을 무시할 수가 없었다.

[결국 모두가 련주님의 유언을 따랐습니다.]

극단적인 선택은 내리지 마라.

내가 싫어할 행동은 하지 마라.

네 능력으론 무리일 테니 복수하려 들지 마라.

저승에서 수발을 들겠다는 머저리 같은 생각도 하지 마라.

살아라.

친위대 전원이 살아야 한다.

무림을 떠나도 좋고 남아도 좋겠지만, 기왕 살게 된 목숨이니 오래오래, 아주 잘 살도록 해라.

더 이상 사마련의 일에 관여하지 마라.

[저희는…… 잘 지내고 있습니다.]

나는 어떤가.

사마련주는 예화를 비롯한 친위대원들에게는 확실한 유언을 남겼다. 하지만 이성민에게는 아니었다.

그가 이성민에게 남긴 유언 중에, 이성민의 행동을 강제하려 했던 것은 시체를 먹으라는 말뿐이었다. 그 외의 것에서, 사마련주는 모두 이성민 스스로 선택하라 하였다.

네가 하고 싶은 대로 해라.

하고 싶은 대로 하고, 후회하지 않으면 된다.

유언의 마지막에서, 사마련주는 그렇게 말했다. 나는 어떤 가. 이성민은 다시 한번 생각해 보았다.

'하고 싶은 대로…… 했나? 후회는?'

모르겠다. 그런 것을 하기에는 처한 현실이 너무나도 엿같 았다. 우선 빌어먹을 종언을 어떻게 해놓아야 하고 싶은 대로 할 수 있을 것 아닌가.

[공자님은…… 잘 지내셨습니까?]

[모르겠군요. 과연 잘 지내고 있는 것인지.]

이성민은 쓰게 웃으며 답했다. 등에 걸친 창이 무거웠고, 얼 굴에 쓴 가면이 무거웠다.

[……잘 지내려…… 합니다.]

[부디…… 공자님이 바라는 바를 이루시기를.]

예화가 머리를 꾸벅 숙이며 전음을 보냈다.

이성민은 희미한 미소를 남기고서 몸을 돌렸다. 그는 활짝 열린 혈맹의 문과, 무너진 혈맹의 건물을 보았다.

더 이상 보지 않았다.

"선물은요?"

복잡한 기분으로 요정의 숲으로 돌아왔을 때, 요정마에 내린 순간 그런 말이 들렸다.

이성민은 말에서 내리던 자세 그대로 멈칫 굳어서 테레사를 내려 보았다. 흑색 타구봉을 허리에 걸고 있는 테레사가 뚱하니 뺨을 부풀리며 이성민을 보았다.

"까먹었죠?"

"……그럴 리가."

이성민은 침착한 목소리로 대답하며 아공간 포켓 안에 손을 집어넣었다. 가지고 있는 보석 중에 장신구로 쓸 만한 것을 꺼냈다.

색색의 보석이 박힌 티아라를 건네받자, 테레사가 입술을 삐죽 내밀었다.

"하라스에서 산 거 아니죠?"

"그 도시는 특산품이란 것이 없습니다. 사마련…… 아니, 혈맹이 지배하는 탓이죠. 아니면 왜, 사파 무인들이 쓰는 참마도나 흑마법사들이 입는 로브 같은 것이나 사 올 걸 그랬나요?"

"됐어요. 나보고 개 잡는 몽둥이에 참마도까지 들라구요? 그리고 흑마법사 로브도 입고? 나를 뭐로 보는 건가요?"

"그래서 테레사님에게 잘 어울리는 장신구를 사 온 겁니다. 어떻습니까?"

"뭐…… 개 잡는 몽둥이 사 오던 센스를 생각하면 장족의 발전을 거두셨군요."

'타구봉이 뭐 어떻다는 거지.'

이성민은 반박하고 싶었지만, 얌전히 입을 다물었다. 그런 이성민의 등 뒤에서 슬며시 흑룡협이 앞에 나섰다.

그는 천천히 품 안에 손을 넣더니, 그와는 전혀 안 어울리는 목걸이를 하나 꺼냈다.

"……크흠."

흑룡협이 말없이 그것을 건네자, 테레사가 두 눈을 동그랗게 떴다. 놀란 것은 이성민도 마찬가지였다.

[언제 샀습니까?]

[자네가 먼저 뛰어갈 때.]

[그 사이에 샀다고요?]

[그냥, 길거리에 보이길래.]

흑룡협이 말꼬리를 흐리며 대답했다.

목걸이를 보며 두 눈을 깜박거리던 테레사가 방긋 웃었다.

"감사합니다."

그 말에 흑룡협의 뺨이 씰룩거렸다. 이성민은 그런 흑룡협을 곁눈질로 보며 쏘아붙였다.

[나이 차를 생각하십시오.]

[거, 이상한 오해 하지 말게.]

[오해는 무슨…… 거울이나 보고 말하십시오.]

흘겨보는 시선에 흑룡협이 눈을 아래로 내리깔았다.

"제 건 없나요?"

티아라를 머리에 쓰고, 목걸이를 착용하는 테레사를 보며 루비아가 물었다.

이성민은 얌전히 아공간 포켓에서 보석이 박힌 팔찌를 꺼내 루비아에게 건네주었다.

루비아는 그 팔찌를 받으면서 흑룡협을 힐긋 보았다.

"없다."

흑룡협이 당당한 표정으로 대답했다.

루비아는 혀를 쯧쯧 차면서 테레사의 팔짱을 꼈다. 은근히 압박해 오는 시선에 흑룡협의 뺨이 씰룩거렸다.

그는 자신의 아공간 포켓에 손을 넣더니 한참을 뒤지다가 낡은 서책을 꺼냈다.

"……이건 무량신선대공이라는 것인데……."

"필요 없어요."

루비아가 질색하며 흑룡협의 말을 끊었다.

2장
잠자는 숲

　잠자는 숲에 가보기 전에. 이성민은 요정의 숲 중앙에 가부 좌를 틀고 앉았다. 바로 뒤에는 오슬라가 거하는 호수가 있었다.

　이성민은 이쪽을 흘겨보는 오슬라와 요정들, 테레사의 시선 을 무시하며 두 눈을 감았다.

　"무슨 일이 있었던 거죠?"

　"별일 없었다."

　테레사의 질문에 흑룡협이 대답했다.

　사람을 잡아먹은 것은 별일 없었다고 할 만한 이야기는 아 니었지만, 흑룡협도 눈치가 있어서 테레사에게 그런 이야기는 하지 않았다.

　이성민의 몸이 인간이 아닌 요괴라는 것은 테레사도 이해하 고 있지만, 그렇다고 해서 테레사가 식인을 이해해 줄 것 같지는 않았기 때문이다.

굳이 설명을 듣지 않아도, 오슬라는 이성민에게 어떤 일이 일어난 것인지 알아차렸다.

그녀는 조용히 날개를 퍼덕거리며 다가와 이성민의 어깨에 손을 얹었다.

[내가 도와줄 수 있었잖아.]

'괜한 문제를 만들고 싶지 않았을 뿐입니다.'

[무슨 말이야?]

이성민은 오슬라에게 염려하였던 일에 대해 알려주었다.

그러자 오슬라가 뺨을 부풀렸다.

[……생각해 줘서 고마워.]

'만약 퀸이 요정의 숲으로 쳐들어오면 어떻게 됩니까?'

[내가 퀸을 억제할 수 있냐고 묻는 거야?]

'예.'

[……으음…….]

오슬라가 날개를 파닥거리며 잠깐 동안 고민했다.

[……퀸을 죽일 수는 없을 거야. 내가 말했었지? 그녀는 이 세상의 존재이면서, 초월자의 힘을 뛰어넘었다고. 존재의 격만 따지고 본다면 내가 더 높지만…… 그렇다고 해서 내 격이 퀸을 억제할 정도는 아니거든.]

'그렇다면?'

[서로 죽일 수 없다는 거야. 나는 이 숲에서 죽는 것이 불가능하고, 나도 퀸을 죽이는 것이 불가능할 테니까.]

'그런데, 어떻게 아신 겁니까?'

[네 기운이 조금 변했거든. 요력이 포악해졌어. 너무 많이 먹지 않는 편이 좋을 거야. 예전처럼 극단적인 폭주는 없어도, 요괴의 몸뚱이에 식인을 더하는 것은 좋은 일은 아니야.]

이성민은 오슬라의 충고를 들으면서 머리를 끄덕거렸다. 그리고 정신을 집중해 혈마의 기억을 더듬었다. 사적인 기억이 제해진 무인으로서의 기억, 혈마가 가지고 있던 무리.

사실 그중에서 쓸 만한 것은 거의 없었다. 이성민은 이미 혈마보다 더 높은 경지에 있던 무인인 사마련주의 무리를 가지고 있었다. 그것을 완전히 체득하지는 못했어도, 알고 있다는 것이 중요했다. 성장의 여지가 아직 남았다는 뜻이기 때문이다.

'환골탈태를 해야 해.'

최소 그 정도의 수준은 갖추어놓아야만 한다.

지금의 실력으로는 혈마까지가 한계다. 최후 초식인 무극을 사용하여 혈마를 죽이기는 했지만, 그 직후에 탈진에 빠져 버린다.

무극을 써서 제니엘라를 죽일 수 있을까? 그런 확신이 없다. 죽이지 못했을 때의 뒤는 없다. 무극은 필살의 초식이었고, 반드시 상대를 죽여야 했다.

'뭘 어떻게 더 해야 하는 거지?'

길이 보이지 않는다.

무극을 사용할 수 있게 되면서 신창합일을 이루는 것에는 성공했다. 하지만 그 외의 심득을 몸에 적용하는 것은 아직 무리였다. 어디까지나 초식의 형을 따라가며 심득을 담아낼 뿐. 초식 없이는 심득을 자유롭게 펼치는 것이 무리다. 우선 초식의 형을 버리는 것부터 해야 하는 것일까. 대체 어느 세월에?

이성민이 제대로 펼칠 수 있는 무공은 셋이다.

구천무극창, 무영탈혼, 혈환신마공.

그중 강기공인 혈환신마공은 초식의 형이라는 것이 거의 없다시피 했지만, 무영탈혼과 구천무극창은 아니다.

사마련주가 싸우던 모습을 떠올려 보았다. 그는 흑뢰번천 하나만을 사용했다. 초식이라고 할 것도 없었다. 사마련주의 손짓 하나하나가 신공절학이라 할 만했다.

'시간이 부족해.'

너무 부족했다. 데니르의 수행을 다시 받을 수 있을까? 아니, 그건 불가능하다. 데니르는 자신의 수행은 딱 한 번만 받을 수 있다고 못을 박았다.

그렇다면 다시 므쉬의 산으로 돌아가야 하나? 앞으로 무슨 일이 벌어질지도 모르는데, 므쉬의 산에 고립될 수는 없다.

초식의 형을 버리고 심득을 취하고, 더 높은 경지로 나아가는 것. 평생을 바친다 해도 불가능할지도 모르는 일들.

[짓눌리지 마라.]

몰두하는 정신을 허주의 목소리가 깨웠다.

[할 수 있는 일을 하는 것이 먼저다. 아직 하지도 못할 일들. 할 수 있을지 없을지도 모르는 일들에 짓눌리지 마라. 제니엘라는 난적이지만 네가 아주 승산이 없는 것도 아니야. 다행히 네 주변에는 도움을 줄 이들도 있고.]

'그래.'

이성민은 지끈거리는 두통을 느끼며 머리를 들었다.

그는 품 안에 넣어두었던 가면을 꺼내 내려 보았다. 만약, 사마련주가 살아 있었다면.

순간 그런 생각을 했고, 머리를 흔들어 떨쳐냈다. 의미 없는 생각이다. 그보다는 혈마와의 싸움을 복기하는 것이 마음이 편했다.

어차피 지금 당장 요정마를 타고 잠자는 숲으로 가는 것은 무리다. 체네론 대호수와 다하르 유적지로 향한 이들에게는 신호가 오지 않았다. 아마 지금쯤이면 도착했을 텐데, 아직 정령왕이 강림하지 않은 모양이었다.

복기가 끝났을 때는 이미 밤이 지나 있었다. 잠이 오지 않았다. 머리는 복잡했다. 짓눌리고 싶지 않았지만 그렇게 마음을 먹는다고 해서 쉽게 되지는 않았다.

이성민은 조용히 몸을 일으켰다. 창이라도 휘두를까 했지만, 잠든 이들을 깨우고 싶지는 않았다.

[잠자는 숲이나 가보는 것이 어떠냐.]

허주가 조언했다.

[지금이라면 요정마를 탈 수 있겠지. 어차피 잠도 안 오고. 정령의 여왕이 강림했다면 로이드 녀석이 팔찌로 알려주었을 텐데, 그런 신호도 오지 않고 있잖냐. 한번 다녀오는 편이 좋을 게다.]

'그래.'

잠이 오지 않아 산책을 가는 것치고는 멀리 가는 일이지만, 요정마를 탄다면 순식간이다. 이성민은 요정마에 타고서 잠자는 숲을 의식했다.

그가 떠올린 곳은 허주와 처음 만났던 장소였다. 그러자 요정마가 푸릉거리며 머리를 흔들었다.

'뭐야?'

"가지 못하는 거야."

호수의 수면 위에 누워 있던 오슬라가 졸린 목소리로 말했다.

"요정마라고 해서 모든 곳을 갈 수 있는 것은 아니야. 어디까지나, 이 세상에 존재하는 장소뿐이라고. 어디를 떠올린 것인지는 모르겠지만, 네가 가고자 하는 곳은 요정마가 갈 수 없는 곳이야. 이 세상에 존재하지 않는 장소인 거지."

"그럴 수가."

이성민은 이해할 수 없단 얼굴로 요정마를 내려 보았다.

다시 한번 허주와 만났던 장소를 떠올렸지만, 이번에도 요정마는 머리만 흔들 뿐이었다.

이성민은 처음 잠자는 숲에 갔을 때를 떠올렸다. 잠자는 숲을 지키는 일족의 도움이 없다면 숲을 가로막는 길을 뚫을 수가 없다. 설마 그 숲의 결계가 요정마도 뛰어넘을 수 없는 고강한 것이란 말인가?

"어디 가요?"

루비아가 졸린 눈을 비비며 다가왔다. 마침 잘 되었다는 생각에 이성민은 루비아의 손을 잡았다.

루비아가 놀란 표정을 짓자, 이성민은 검지를 들어 자신의 입술에 갖다 붙였다.

"타십시오."

상황의 설명은 나중이었다. 이성민은 다른 이들이 깨지 않도록 조심하며 루비아와 함께 요정마를 타고 도약했다.

그가 도착한 곳은 잠자는 숲 주변, 일족의 마을 입구였다.

"이곳은……."

루비아가 눈을 크게 뜨며 중얼거렸다.

이성민은 요정마에서 내려와 루비아에게 물었다.

"잠자는 숲입니다."

"여기는 왜 온 거예요?"

"정령의 여왕이 강림하기 전에 숲의 상태를 보고 싶었습니다. 의문도 몇 가지 있고."

생각해 보면, 잠자는 숲은 예전부터 많은 의문이 있는 장소였다.

엔비루스가 이곳에 왔던 이유. 이성민은 끝까지 그 이유는 알 수가 없었다.

엔비루스는 잠자는 숲에서 무언가를 확인하려 했었다. 이성민이 엔비루스를 쫓아 잠자는 숲에 갔던 것은 운명으로 인한 우연이었고, 이곳에서 허주와 만나는 것 역시 우연이었다.

학살포식이 말하기를, 각성하기 전의 이성민이 너무나도 나약한 존재였기에 허주의 도움이 필요한 것이라 했었다.

"엔비루스는 왜 이 숲에 왔던 겁니까?"

"……그건…… 저도 몰라요."

루비아가 입술을 삐죽거리며 대답했다.

"주인님은 저에게 모든 것을 이야기하지 않으셨으니까요. 제가 주인님에게 들은 것은, 이곳에서 기다리고 있다가…… 이성민 님과 만나서 함께 다니라는 말뿐이었어요."

엔비루스는 루비아를 이성민에게 붙여, 이성민의 상태를 감시하려 했다.

엔비루스는 운명을 조금 엿본 것으로 이성민이 위험한 존재임을 어느 정도 눈치채고 있었다.

이성민이 학살포식이라는 것을 알았던 것은 아니다. 엔비루스가 경계했던 것은, 이성민이 요괴로서의 힘이 강해져 허주에게 잡아먹히는 것이 아닐까 하는 것이었다.

"그 외의 일은 모르는 겁니까?"

"주인님은 숲의 끝까지 들어가려 하셨어요. 하지만 실패하셨죠."

"실패?"

"네."

루비아가 머리를 끄덕거렸다.

"사실, 잘 모르겠어요. 쭉 가시다가…… 안 되겠다, 하고 되돌아오셨거든요. 굉장히 슬픈 표정으로."

엔비루스는 죽었다.

'저 안에 뭐가 있는 거냐?'

[모른다.]

허주가 대답했다.

[그때도 말했을 텐데. 이 숲은 오랜 괴물들의 혼이 묶여 있는 장소다.]

처음 허주와 만났을 때 들은 이야기다.

이 숲을 관리하는 일족은 존재하는 것만으로도 숲의 봉인을 유지하게끔 만든다. 그 봉인으로 인해 숲에 혼이 묶여 있는 괴물들이 깨어나지 않는 것이라고 했다.

'카즈야는 살아 있을까?'

이성민은 오래전에 만난 마을의 족장을 떠올렸다.

카즈야는 숲을 지키는 일족을 이끌고 있었고, 일족의 비원을 추구하고 있었다. 하지만 정작 카즈야 본인도 자신들이 바라는 비원이 무엇인지 모르고 있었다.

처음 허주를 만났을 때, 이성민은 허주에게 물었었다. 네가 숲의 일족이 바라는 비원이냐고. 그때 허주는 자신은 단지 길의 중간에 있는 존재일 뿐이지, 숲의 비원과는 상관없다고 대답했었다.

이성민은 천천히 마을 안으로 들어갔다. 아침이 다가오고 있었지만, 마을은 조용했다.

10년 전에도 규모가 작고, 사람이 그리 많지 않은 곳이었지만…… 지금의 마을은 그때보다 더 초라했다. 이성민은 주변을 쓱 둘러보았다.

냄새가 났다.

이성민은 가까운 집으로 다가갔다. 닫혀 있는 문을 살짝 밀어 본다. 잠겨 있지 않은 문은 미는 대로 쉽게 열렸다.

"으……."

이성민의 등 뒤에 있던 루비아가 앓는 소리를 냈다. 풍기는 악취에 이성민은 콧잔등을 찡그렸다.

문과 이어지는 복도에 시체가 널브러져 있었다. 가까이 가서 확인해 보니, 누군가가 죽인 시체는 아니었다.

'전염병……?'

시체는 죽은 지 꽤 되어 자연적인 훼손이 심했다.

이성민은 시체를 지나쳐 안으로 들어갔다. 전염병의 가능성도 있겠지만, 만독불침을 이룬 이성민에게는 상관없는 이야기였다.

복도의 시체뿐만이 아니었다. 방 안에도 같은 몰골의 시체들이 있었다.

마을 전체가 그랬다.

[곤란하군.]

허주가 중얼거렸다.

[저놈들이 뒈지는 거야 어쩔 수 없는 일이기는 해. 저놈들은 오랜 세월 근친 교배를 하면서 약해질 대로 약해져 있거든. 그걸 극복하겠답시고 무공을 익힌 모양이지만, 약해 빠진 몸뚱이로 무공을 익힌다고 해서 천수를 누릴 수 있는 것도 아니잖나. 애초에 놈들의 수명은 너무 짧아.]

그런 종류의 병은 만능의 물약인 엘릭서로도 어쩔 수 없다.

[죽은 건 어쩔 수 없지만, 마을 놈들이 죄다 죽어버리면 숲의 봉인이 유지되지 않아.]

'뭐가 봉인되어 있는 것인지도 모르잖아.'

[오랜 괴물들이라는 것은 알지. 딱 봐도 불길하게 느껴지지 않냐? 놈들이 종언 중 하나일지도 모르는 일이다.]

생존자가 있을지도 모른다.

이성민은 카즈야의 집으로 향했다. 저택에 불빛이 켜있지 않은 것이 이성민을 불안하게 하였지만, 감각을 열어 보니 안에 인기척이 있었다. 그는 천천히 문을 열고 들어갔다.

"누구시오?"

힘없는 목소리가 들렸다.

"소천마. 당신인가?"

이어지는 질문에 이성민의 표정이 굳었다.

소천마라는 별호가 왜 이곳에서 나오는 것일까. 이성민은 당혹감을 느끼며 소리가 들린 곳으로 향했다.

다른 마을 주민의 집이 그러했듯, 이 저택에서도 악취가 떠돌고 있었다. 하지만 시체 썩는 냄새는 없었다.

[머지않아 죽을 것 같지만.]

허주가 투덜거렸다.

이성민은 반쯤 닫혀 있는 방의 문을 열고 안으로 들어갔다. 지저분한 침대 위에 비쩍 마른 카즈야가 반쯤 기대어 누워 있었다. 바닥과 이불보가 오물로 지저분했다.

이성민의 뒤를 따라 들어온 루비아가 질색이라는 표정을 지었다.

"소천마…… 가 아니군."

카즈야가 중얼거렸다.

어떻게든 힘을 주어 뜨고는 있었지만, 카즈야의 두 눈은 뿌연 회색이었다.

앞이 보이지 않는 것뿐만이 아니었다. 이전에 만났던 카즈야는 무인으로서도 초절정의 경지에 올라 있었다. 지금은 너무 망가져 있었다. 두 눈은 보이지 않고 몸은 잘 움직이지 않는다. 무인으로서의 예리한 감각도 닫혔고 단전도 망가졌다. 카즈야는 죽어가고 있었다.

"……나를 기억하십니까?"

이성민은 루비아에게 힐긋 눈짓을 주었다. 루비아는 그 눈짓이 의미하는 바를 깨닫고서 손을 펼쳤다.

루비아의 손바닥 사이에서 포옹, 하고 물방울이 튀어 올랐다. 그것은 방 전체를 휘감고 사라졌다. 지저분한 오물과 먼지 따위가 씻겨 사라졌다.

"이건……."

카즈야가 놀란 표정을 지었다.

그는 눈썹에 힘을 주고서 이성민을 보았지만, 그의 눈은 이성민을 알아보지 못했다. 카즈야가 한숨을 쉬며 말했다.

"누구시오?"

"15년 전쯤에, 엔비루스의 흔적을 쫓아 이 숲에 왔었습니다."

"아…… 그래. 자네로군. 기억이 나. 대뜸 우리 마을로 쳐들어와서, 침입자를 해하려던 부족의 장로를 죽였었지."

탓하는 것은 아닐세. 카즈야가 덧붙이면서 웃었다.

"왜 이곳에 왔나?"

"숲 안에서 확인해 보고 싶은 것이 있습니다. ……그런데, 이 마을에서 대체 무슨 일이 있었던 겁니까?"

누군가가 습격한 것은 아니다. 이성민은 그 사실을 잘 알고 있었다. 그렇다고 자기들끼리 싸워서 죽은 것도 아니다.

"예정된 일이지."

카즈야가 큭큭 웃는 소리를 냈다.

"갑작스럽게 시작되기는 하였지만 말이야. 징조가 없었던 것은 아닐세. 우리는…… 이 마을의 일족은 모두가 같은 피를 가지고 있어. 뿌리부터 말이야. 그것을 서로 섞고, 섞고, 섞고…… 그러다 보니 몸뚱이가 약해지. 마법과 엘릭서로도 어찌할 수 없는 병을 안게 되고 말이야."

몇 세대에 걸쳐 내려온 근친상간.

"그러한 번식의 끝에 파멸이 있음을 알아도, 우리는 어쩔 수가 없었어. 일족의 비원은 중요했네. 뭔지도 모를 비원이지만, 이 마을에서 태어난 모두는 세뇌라도 당한 것처럼 비원을 추구해야만 했지."

허주가 말했다. 이 마을 사람들은 존재하는 것만으로 숲의 결계를 유지하게 하고 있다고. 그렇기에 그들은 이 마을을 벗어나지 못하고, 근친상간을 거듭하면서 살아오고 있었던 것이다.

카즈야가 말한 것처럼 마을의 파멸은 예정되어 있었다.

그렇다고는 해도 너무 갑작스럽다.

"……언제부터였습니까?"

"한 달 전쯤이었네. 갑작스럽게, 죽어가기 시작했지. 얼마나 죽었나?"

"당신을 제외하고 전부."

"그렇군."

카즈야가 큭큭거리며 웃었다.

그는 비틀거리며 몸을 일으켰다. 코를 킁킁거리던 카즈야가 만족스럽게 웃었다.

"청소해 주어서 고맙네. 악취는 익숙하지만, 그래도 깔끔한 편이 낫지."

"……소천마를 알고 있습니까?"

이성민은 계속 신경 쓰였던 것에 대해 질문했다.

카즈야는 침대 옆으로 손을 뻗었다. 서랍장을 열고서 그 안을 손끝으로 더듬는다. 힐긋 보니 서랍장 안에는 벽곡단이 가득 차 있었다.

그는 벽곡단을 한 움큼 빼다가 입에 털어 넣었다.

"파멸이 시작되기 전. 그래, 한 달 전에 소천마가 마을에 방문했네."

한 달 전.

이성민은 꿀꺽 침을 삼켰다.

그때라면 이성민이 봉인에서 풀려난 직후다. 이성민이 게르무드에서 눈을 뜨고 상황을 파악하고 있을 때, 위지호연은 이 마을로 찾아와 카즈야를 만났다.

"그녀는 나에게 정중하게 부탁했네. 잠자는 숲 안으로 들어가고 싶다고. 나로서는 거절할 수가 없었지. 태도도 정중하였지만, 소천마에게서 느껴지는 힘이 면전에서 거부하지 못하게 만들었지. 딱히 거절할 이유도 없었고 말이야."

한 달 전, 위지호연은 잠자는 숲으로 들어갔다. 그 후로는 어떻게 된 것일까.

루비아는 위지호연이 열흘 전에 정령계에 나타났다고 했다. 정령계에 들어가기 전에 잠자는 숲으로 와야 할 이유가 있었나?

"이유는 듣지 못하셨습니까?"

"필요한 일이라고 하더군. 모호한 말이었지만, 더 파고들어서 묻지는 않았어. 이유가 중요한 것은 아니니까."

카즈야는 그렇게 중얼거리며 침대에서 내려왔다. 비틀거리며 선 그는 숨을 몰아쉬며 굽힌 몸을 쭈욱 폈다. 이성민은 조용히 다가가 카즈야의 몸을 부축했다.

"앞으로 얼마나 남았는지 모르겠군."

카즈야가 중얼거렸다.

"우리 일족은 숲의 결계를 유지하기 위해 존재해 왔네. 이제는…… 나를 제외하고 모두가 죽어버렸지. 나마저 죽게 된다면 숲의 결계는 완전히 사라지게 돼."

"그 후에는 어떻게 되는 겁니까?"

"모르지. 우리는 그냥, 존재할 뿐이었어. 내가 죽는다면 숲의 결계가 사라지겠지만…… 그 후에 어떻게 되는지는 모르지. 그랬던 적이 없으니까."

숲 안에는 오랜 괴물들이 봉인되어 있다. 그에 대해서도 물어보았지만, 카즈야는 머리를 가로저었다.

"도움이 되지 못해서 미안하군."

"괜찮습니다."

아무것도 모르기는 카즈야도 똑같았다. 그와 마을 사람들은, 수백 년 동안 이 숲 근처에 살아가면서 숲의 봉인을 위해 살아왔을 뿐이다.

그리고 이제는 카즈야를 제외하고 모두 다 죽어버렸다.

종언.

그 단어가 이성민의 머릿속을 떠돌았다.

이 세상은 종언의 운명으로 확정되었다고 오슬라가 말했다. 지금 이 순간에도 세상의 운명은 종언이라는 끝을 향해 착실히 나아가고 있을 것이다. 그런 시점에서 숲의 봉인을 유지하던 마을 사람들이 떼죽음을 맞았고, 이제는 카즈야 혼자만이 남았다.

[이 숲도 종언과 연관이 있는 것이겠지.]

허주가 중얼거렸다.

그리고 위지호연은 이 숲으로 들어왔다.

무슨 일이 있었던 것일까.

이성민은 월궁에서 보았던 위지호연을 떠올렸다. 공간이 침식되는 중에 보았던 위지호연. 정령의 여왕과의 싸움을 끝내지 못한 그녀는, 갑작스러운 공간 침식에 휘말린 탓에 짜증스러운 표정을 짓고 있었다.

위지호연은 잠자는 숲으로 들어가는 이유를 '필요하다'라고밖에 말하지 않았다. 파악한 정보가 너무 적다. 위지호연은 종언을 막기 위해 이 숲에 들어왔던 것일까?

이성민과 카즈야는 숲의 입구에서 멈추었다. 나무 넝쿨이 복잡하게 얽혀 길을 막고 있다.

[약해졌군.]

허주의 말대로였다. 숲의 결계는 15년 전에 보았을 때보다 약해져 있었다. 숲을 가로막는 넝쿨에 썩은 곳이 많이 보였다.

"많이 썩었나?"

"예."

"하지만 아직 남아 있지. 내가 살아 있으니까."

카즈야는 그렇게 중얼거리곤, 비틀거리며 결계를 향해 다가 갔다. 그는 손바닥에 상처를 만들어 피를 내곤, 피범벅이 된 손바닥을 넝쿨에 갖다 대었다. 쓰륵거리는 소리와 함께 결계 가 열렸다.

"감사합니다."

"뭘, 이것이 나의 역할일 텐데."

카즈야가 피 묻은 손바닥을 닦으며 대답했다.

이성민은 카즈야에게 머리를 꾸벅 숙이고 숲의 결계 안으로 들어갔다.

키이잉.

기묘한 위화감이 이성민을 스치고 지나갔다. 잠자는 숲은 요정마로도 들어갈 수 없는 곳이다.

이성민은 시험 삼아 요정마를 불러보았지만, 요정마는 나타 나지 않았다. 오슬라가 말한 대로, 이 숲은 이 세상이되 이 세 상에 속한 장소가 아닌 모양이었다.

[오랜만이니 반가운 느낌이로군.]

허주가 껄껄거리며 웃었다.

[그래도 300년이 넘게 처박혀 있던 곳이니까 말이야.]

'300년 동안 뭘 한 거냐?'

[거의 잠만 잤지. 아니면 옛날 생각이나 하든가. 별로 재미 는 없었다. 너랑 함께 있을 때가 훨씬 즐거웠다.]

'낯간지러운 말 좀 하지 말지?'

[뭐가 낯간지러운 말이냐? 사실인데. 그러니까 이 어르신이 너를 위해서 이런저런 일들을 많이 해준 것 아니냐. 당장 10년 전만 해도, 이 어르신이 나서지 않았다면 너는 학살포식에게 완전히 잡아먹혔을 것이다.]

'그건…… 나도 알아. 고맙다고는 당연히 생각하고 있어.'

[거시기 달린 놈에게 이런 말을 듣는 것도 꽤 재미있군.]

허주가 킬킬거리며 웃었다. 이성민은 놀리는 말을 무시하고서 숲을 가로질렀다.

공간 전체에 위화감이 강했다. 피부가 움찔거렸다. 사방에서 시선이 느껴지고 있다.

이성민은 주변을 둘러보았다. 평범한 숲의 풍경만이 보일 뿐, 시선을 보내는 존재는 보이지 않았다.

기감을 확장시켜 보아도 결과는 마찬가지였다. 아무도 없다. 단지 시선만이 그를 향하고 있었다.

"……으……."

시선을 느끼는 것은 루비아도 마찬가지였다.

이성민은 떨리는 루비아를 보며 자신의 가슴을 가리켰다. 루비아가 머리를 끄덕거리며 빛의 구체로 변해 이성민의 품 안으로 숨어들었다.

혹시 모를 일이라 창을 꺼내 쥐었다. 무언가가 그런 이성민을 보고 있다. 단지 지켜보기만 할 뿐, 시선의 주인들은 무언가 행동을 하지는 않았다.

'오래전에 봉인된 괴물들일까.'

이성민은 섬뜩함을 무시하며 앞으로 나아갔다.

머지않아 이성민은 허주와 처음 만났던 바위에 도착했다.

이성민은 물끄러미 그 바위를 보았다. 처음, 허주는 저 바위 위에서 거대한 불꽃의 모습으로 이성민을 기다리고 있었다. 허주가 피식거리며 웃었다.

바위를 지나쳤다. 이 너머에는 가본 적이 없다. 앞으로 나아갈수록 위화감이 강해진다.

시선은 노골적으로 되었다. 햇빛도 거의 들지 않아 주변이 어두웠다. 이성민의 걸음이 멈추었다.

뭐라고 말을 해야 할까.

이성민은 우두커니 서서 앞을 보았다. 새카만 숲의 어둠 속에서 무언가가 서 있었다.

'무언가'라고 칭할 것이 아니다. 이성민은 저게 누구인지 너무나도 잘 알고 있었다.

이성민은 천천히 그 어둠 속으로 나아갔다. 그녀는 어둠 속에서 움직이지 않고 이성민을 보고 있었다.

가슴이 욱신거렸다. 터지는 것이 아닐까 싶을 정도로 심장이 빠르게 뛰었다. 그녀는 다가오는 이성민을 보며 아무 말도 하지 않았다.

하고 싶은 말이 많았다. 물어보고 싶은 것도 많았다.

'나만 그런 것이 아닐 거야.'

이성민은 떨리는 손을 꽉 잡으며 생각했다. 서로가 잘 안다. 위지호연이 겪은 대부분의 '처음'은 이성민과 함께였다.

이성민은 어둠 속에 선 위지호연의 얼굴을 보았다. 웃는 것인지, 우는 것인지, 화를 내는 것인지, 아니면 전부인지.

위지호연은 복잡한 표정으로 이성민을 보고 있었다.

위지호연과의 거리가 가까웠다. 이성민은 손을 들어 위지호연을 향해 뻗었다.

이성민의 손이 위지호연의 몸을 통과하고 지나갔다.

알고 있었다. 눈으로는 보이지만, 위지호연은 이곳에 없다. 눈으로 보이는 것과 다르게 위지호연의 기척이 전혀 느껴지지 않는다.

이성민은 쓰게 웃었다. 이성민이 웃는 것을 보며 위지호연도 함께 웃었다.

소리는 들리는 것일까? 확인해 보는 수밖에. 이성민은 입을 열어 위지호연에게 말을 걸었다.

"보고 싶었어."

조금의 침묵 뒤에, 위지호연이 대답했다.

"나도 그래."

소리가 오갔다. 그 말을 들으니 가슴의 떨림이 강해졌다. 이성민은 손을 들어 가슴을 꾸욱 눌렀다.

"……여기서…… 뭘 하고 있어?"

"우스운 꼴이 되었지. 정령의 여왕을 죽이기 위해 갔지만, 아무래도 힘이 조금 부족했던 모양이다."

"정령의 여왕은?"

"나와는 다른 곳을 떠돌고 있지. 그래도 그 계집은 나보다 형편이 나아. 나는 공간의 틈 사이에 완전히 걸쳐져 버렸는데, 그 계집은 탈출할 길을 찾았거든."

위지호연은 아무렇지도 않다는 듯이 그런 말을 하였지만, 이성민은 그 말을 쉽게 받아들일 수가 없었다.

공간의 틈 사이에 걸쳐졌다. 그런 이야기는 잘 알지 못하였지만, 심각한 상황인 것은 틀림없었다.

"어떻게 해야 너를 구할 수 있지?"

"불가능해."

위지호연은 그렇게 말하면서 어깨를 으쓱거렸다. 시선이 강렬해진다. 이성민은 두 눈에 힘을 주고서 위지호연의 등 뒤를 보았다. 그곳에는 무수히 많은 시체가 쌓여 있었다.

"예상보다 빠르기는 하지만, 해야 했던 일이야."

"……뭘 하고 있는 거야?"

"괴물을 죽이고 있지."

위지호연이 대답했다.

"이 숲에는 많은 괴물이 봉인되어 있거든. 정령의 여왕, 그 계집이 만들어낸 우연 덕에 나는 이 공간에 들어올 수 있게 되었어."

덕분에 지금 너를 만질 수가 없지만.

위지호연은 그렇게 중얼거리면서 손을 뻗었다. 이성민이 했을 때와 마찬가지로, 위지호연의 손은 이성민의 얼굴을 통과했다.

"그래도…… 두 눈으로 보고, 대화를 할 수 있어서 다행이야."

위지호연이 희미한 미소를 지었다.

"너를 위해서 이러고 있는 것이니까."

'너를 위해서.'

말문이 막혔다. 무슨 말을 해야 할지, 생각하는 머리가 멈춰버려서 입 밖으로 나오지 않았다.

굳어버린 시선을 받으며 위지호연은 키득거리며 웃었다. 그녀는 이성민을 만질 수 없는 손을 아래로 내리며 중얼거렸다.

"너는 알까."

넋두리처럼.

"내가 무엇을 알게 되었는지. 알고 싶지도 않은 진실을 알게 되고, 이 세상에 존재하는 '나'라는 존재가 나 자신의 뜻으로 살던 것이 아닌, 저 높은 곳에 있는 누군가를 위해 존재한다는 것을."

"……알아."

"화가 나고 짜증이 났지. 하지만 말이야, 나는 결국 받아들일 수밖에 없었다. 뭐…… 어쩔 수가 없는 거잖아. 결국 받아들일 수밖에 없었던 거야."

다시 한번, 위지호연은 손을 들어 이성민을 어루만지려 했다. 이성민도 손을 들었다.

서로의 손은 닿지 못하고 통과했다. 이성민은 가슴이 찢어지는 것만 같은 통증을 느꼈다.

"나밖에 없잖나."

그, 바라지도 않던 책임의 무게. 이성민은 위지호연의 마음을 모른다.

이성민과 위지호연은 처한 상황이 다르다. 시작부터 달랐다. 이성민은 마령이 안배한, 신령의 눈을 속이기 위한 버리는 패였다. 이성민에게 주어진 많은 것들은 이성민을 위한 것이 아닌, 종언의 때에 이성민의 인격을 집어삼키고 강림할 학살포식을 위한 것이었다.

마령의 진정한 노림수는 위지호연이었다. 모두가 말하는 부조리할 정도의 재능. 패왕으로 군림하는 운명. 마령의 직접적인 가호.

마령의 진의는 아직 확실히 믿을 수가 없지만, 이 세상에 소환된 후로 위지호연의 삶은 마령의 의도대로 흘러갔을 것이다. 어느 정도 전생과 같게. 다만, 조금씩 다르게.

조금씩 달라지면서, 지금에 와서는 완전히 달라졌다. 전생의 위지호연과 지금의 위지호연은 맡은 역할이 다를 것이다.

지금 세상에서 위지호연의 역할, 종언을 끝내는 것. 마령이 제련한 위지호연이라는 칼은 종언을 불러오는 모든 것을 베어 죽일 것이다.

위지호연은 대체 어떤 기분으로 지금까지 살아왔을까.

결국, 받아들일 수밖에 없다고 했다. 어쩔 수가 없는 것이라며, 나밖에 없으니까.

이성민은 그렇게까지 몰리지 않았다. 적어도, 종언을 막기로 한 것은 이성민의 선택이었다. 하지만 위지호연에게 선택의 기회가 있었을까.

간절함. 아벨이 말했던 것. 그것이 가슴을 짓눌렀다.

"많은 일을 했다."

위지호연의 목소리에 힘이 들어갔다.

"10년 전에 모든 것을 알게 되고, 내가 해야 하는…… 나밖에 할 수 없는 역할에 대해 알게 되고서. 나는 많은 일을 해야만 했지. 끔찍한 기분이었다. 말했잖나, 너무 많이 알게 되었다고. 그 시점에서 너는 괴물이 아니었지만, 나는 언젠가 네가 괴물이 되고…… 내 손으로 너를 어떻게든 해야 한다는 것을 알았다."

"……나는 괴물이 되지 않았어."

"내가 이 빌어먹을 세상에서 가장 감사하는 일이 그것이다."

위지호연은 진심으로 그렇게 말했다.

우-우-우.

그녀의 등 뒤에 펼쳐진 어둠이 꿈틀거린다. 위지호연과 다른 공간에 서 있는 이성민으로서는, 어둠 속에 무엇이 있는지 제대로 볼 수가 없었다.

"네가 괴물이 되고, 내가 너와 너무 멀리 있었을 때. 나는 마령에게 어떻게든 해달라고 했다. 안 그러면 내가 죽어버리겠다고 협박했지. 내가 도움이 되었을까?"

"……당연하지."

역시, 그때 백아가 손에 들어왔던 것은 마령의 도움이었다. 결정적인 순간에 백아를 손에 쥘 수 있었기에 학살포식을 소멸시킬 수 있었다.

"생각보다 늦었다."

위지호연이 중얼거렸다.

"사실, 나는…… 네가 눈을 뜨기 전까지 모든 것을 끝내고 싶었거든. 하지만 그리 만만하지는 않더라고. 던전을 떠돌며 그 안의 괴물들을 소멸시키는 일만 10년이 걸렸다. 그 직후에는 정령의 여왕이 강림하려 들었지. 뱀파이어 퀸을 먼저 죽일지, 아니면 정령의 여왕을 소멸시킬지 고민하다가, 급한 것은 정령의 여왕이라고 생각해서 정령계로 들어갔다."

"어떻게 정령계로 들어갈 수 있었던 거지?"

"이 숲은 복잡하고 신비한 곳이야. 차원과 차원이 얽혀 있다. 쉽지는 않았지만 정령계로 통하는 길을 찾아냈지."

위지호연은 그렇게 중얼거리면서 등 뒤를 힐긋 보았다. 눈치 없기는. 위지호연이 작은 목소리로 중얼거렸다.

"시간이 없다."

위지호연이 몸을 돌렸다. 그녀의 어깨를 감싸고 있던 흑룡포가 천천히 위로 들렸다.

"차근차근하려고 했는데, 아무래도 무리였나 보군. 지금의 나는 이곳에서 탈출할 수가 없다."

위지호연이 무엇을 보고 있는지 모른다.

이성민은 주먹을 꽉 쥐고 위지호연에게 가까이 다가가려 했다. 하지만 닿을 수 없었다. 바로 눈앞에 위지호연이 있는데, 그녀가 있는 곳에 갈 수가 없었다.

"어떡하지?"

위지호연은 얼굴을 보여주지 않았다. 그녀의 어깨 언저리에서 흑룡포가 쉴 없이 움직였다.

파괴의 소리가 났다. 어둠 속으로 쏟아진 흑룡포는 이성민에게 보이지 않는 괴물들을 연거푸 쓰러뜨리고 있었다.

"정령의 여왕을 죽이는 것에 실패했다. 성공했어야 했는데. 아니, 실패했어도 이런 식으로 실패해서는 안 되었다."

위지호연의 목소리가 떨리고 있었다. 이성민은 아래로 내려가 있는 위지호연의 손을 보았다. 꽉 쥐어진 주먹이 바들거리며 떨리고 있었다.

"나라는 존재가 이 공간에 묶여 버렸다. 당장 자력으로 탈출하는 것은 불가능해. 그건…… 아주 곤란한 일이야. 내가 이곳에 묶인 동안 정령의 여왕은 길을 찾아 탈출하여, 이 세상에 강림할 것이다. 정령의 여왕뿐만이 아니야. 뱀파이어 퀸, 그 괴물 계집은 어떤 의미에서는 정령의 여왕보다 까다롭다."

내색하지 않으려 하였지만, 그녀가 처한 상황은 마음을 드러내게 했다.

"어떡하지?"

위지호연은 철인이 아니다. 이 세상 누구보다, 이성민은 그 사실을 잘 알고 있었다.

이성민은 위지호연을 잘 안다. 그녀가 철인이 아니라는 것. 얼핏 보기에는 차가워 보여도 속내는 전혀 그렇지 않다는 것을 안다.

그러한 본연의 모습이 이성민에게만 보이는 것이라 하여도.

이성민은 지금 상황에서 위지호연이 느끼고 있는 답답한 절망감에 공감할 수밖에 없었다.

위지호연의 역할은 종언을 막는 것. 실제로 그녀는 여태까지 그렇게 살아왔다.

정령의 여왕을 죽이지 못하고, 갑작스러운 공간 침식에 휘말려 저 알 수 없는 공간에 묶이게 된 것은 여태까지 위지호연이 해온 행동 중 유일한 실패일 것이다.

"……내가 있어."

이성민은 위지호연의 등을 향해 손을 뻗었다. 이렇게 뻗는 손이 위지호연에게 닿지 못한다는 것은 안다.

분노와 짜증, 절망, 무력감, 강제로 떠안게 된 책임. 그런 것들에 짓눌린 위지호연의 어깨를 보았다.

"네가 실패한 것에 절망하지 않아도 돼. 내가 있어. 네가 그곳에 있어도, 이 세상에는 내가 있어."

위지호연이 뒤를 돌아보았다.

"나를 위해서라고 했지. 종언을 막고 싶은 것은 나도 마찬가지야. 네가 하지 못한다면, 내가 하면 되는 거야."

위지호연의 두 눈이 멍해졌다. 그녀는 우두커니 서서 이성민의 얼굴을 보았다.

이성민은 어깨에 걸치고 있는 창을 꽉 잡았다.

"너보다는 아니겠지만, 나는 약하지 않아."

"……하하!"

이성민의 말에 위지호연이 웃음을 터뜨렸다.

"그래. 네가 약하지 않다는 것은 내가 잘 알지. 너는 나와 싸워 이긴 적도 있으니까."

위지호연은 그렇게 중얼거리고 입꼬리를 올려서 웃었다.

"늦지 않게 돌아가마."

"기다릴게."

"너무 늦어지면…… 네가 나를 데리러 와줄 수 있을까?"

"반드시."

이성민의 대답에 위지호연이 키득거리며 웃었다.

"만지지 못하는 것이 아쉽구나."

등을 돌린 위지호연은 꿈틀거리는 어둠을 바라보면서 중얼거렸다.

"너를 만지고 싶다. 안고 싶고, 입을 맞추고 싶고, 말로 하기는 부끄러운 많은 일들을 하고 싶다."

"……할 수 있어."

"너와 함께 지냈을 때가 좋았다."

위지호연의 웃음소리가 진해졌다.

그 시절은 이성민에게 있어서도 가장 행복한 기억이었다. 그때 요정의 숲은 평화로웠다. 사마련주도 죽지 않고 살아 있었고, 이성민은 쭈욱 위지호연과 함께 지냈었다.

"다시 돌아갈 수 있을까."

"⋯⋯그 시절로 돌아가는 것은 불가능하겠지."

사마련주는 죽었다.

"하지만, 다시 같이 지낼 수는 있을 거야. 반드시."

"⋯⋯응."

위지호연이 쓰게 웃으며 대답했다.

그 시절은 위지호연에게 있어서도 추억이었다. 종언을 막기 위해 떠돌던 세월이 장장 10년이다. 그 시간 동안 위지호연을 지탱해 온 것은 이성민과 보냈던 시절에 대한 추억과 앞으로 이성민과 함께할 나날들이었다.

"나는 그것을 위해 이러고 있는 것이니까."

위지호연은 어둠을 노려보았다. 잠자는 숲, 이곳에 봉인되어 있는 오랜 괴물들이 위지호연을 향해 손짓하고 있었다.

위지호연은 전신이 오싹거리는 것을 느꼈다. 어찌 보면 그것은 공포라고 할 수 있을지도 모르겠지만, 지금 이 순간 위지호연은 자신이 느끼는 것을 공포라 여기지 않았다.

"나를 부르는구나."

위지호연은 그렇게 중얼거리면서 어깨를 으쓱거렸다.

"만약에."

이성민은 혹시 모를 가능성을 느끼고서 입을 열었다.

"⋯⋯네가 떠돌고 있는 곳이, 이 숲의 봉인으로 인해 존재하는 장소라면, 숲의 봉인을 부순다면…… 네가 탈출할 수 있지 않을까."

"아니."

위지호연이 머리를 가로저었다.

"너는 보이지 않는 모양이구나."

위지호연은 그렇게 중얼거리면서 손을 들어 어둠 속을 가리켰다.

"저 깊은 곳에, 나로서도 그 힘을 파악할 수 있는 강력한 놈이 웅크리고 있다. 아주 깊은 잠에 빠진 모양이라, 내가 날뛰고 있음에도 눈을 뜨지 않고 있어. 카즈야와 그 일족이 유지하는 봉인은 저놈을 붙잡기 위한 것이다."

"괴물……?"

"탐(貪)이라는 놈이다."

마령이 그러더군. 위지호연이 피식 웃었다.

"학살포식이 이 세상에 살아 있는 모든 것을 죽이고 잡아먹는다면, 탐은 세상 자체를 집어삼킨다. 놈의 뱃속에서 세상은 무(無)로 돌아가고 모든 것이 다시 시작되지."

"……숲의 봉인은 약해지고 있어. 카즈야를 제외한 모두가 죽었다."

"하지만 카즈야는 죽지 않았어. 아마…… 앞으로 당분간 카즈야가 죽을 일은 오지 않을 거다. 아직 준비가 되지 않았거든."

"준비?"

"아직 수확하지 못했다는 거야."

위지호연은 그 이상은 말해주지 않았다. 그녀는 어둠 속을 향해 걷기 시작했다.

"이번이 마지막 이별이면 좋겠어."

이성민은 멀어지는 위지호연의 등을 향해 그렇게 내뱉었다. 그 말에 위지호연은 큭큭 웃으면서 머리를 돌려 이성민을 보았다.

어둠에 삼켜지며, 위지호연은 환한 미소를 지었다.

"나도 마찬가지야."

더 이상 위지호연의 모습은 보이지 않았다. 그럼에도 이성민은 그 자리를 떠날 수가 없었다.

그는 천천히 창을 들어 올렸다.

이 공간에 들어오면서 느꼈던 시선은 더 이상 감지되지 않았다. 다만, 술렁거림이 느껴졌다.

이유 모를 떨림이 공간을 조금씩 흔들었다. 이곳과 겹친 공간에서, 위지호연이 괴물들과 싸우는 소리였다.

위지호연의 패배는 생각하지 않는다. 그러고 싶었다. 불안에 떨어서는 안 된다.

이성민은 위지호연을 믿었다. 지금 그녀가 겪는 싸움, 상황, 그 무엇 하나 확실히 알지 못하여도. 믿을 수밖에 없었다.

위지호연도 이성민을 믿고 있었다. 자신이 할 수 없게 된 일들을 이성민이 해주리라고 믿어 의심치 않고 있었다.

이성민은 창을 꽉 잡았다. 그래도, 가능하다면. 무슨 수를 써서라도 위지호연이 있는 곳으로 가고 싶다. 그녀와 함께 싸우고, 함께 돌아오고 싶었다.

불가능하다는 것은 안다.

이성민은 천천히 몸을 돌렸다. 그는 술렁거리는 숲을 뒤로하고서 허주와 만났던 바위를 지나쳤다.

숲의 입구에는 카즈야가 주저앉아 있었다. 발소리를 듣고서 카즈야가 머리를 들어 올렸다.

"왔는가?"

"예."

"원하는 것은 이루었는가?"

카즈야가 비틀거리며 몸을 일으켰다. 이성민은 묵묵히 손을 뻗어 카즈야의 몸을 받쳐주었다.

"……반은 이루었습니다."

"그런가……."

카즈야가 머리를 끄덕거리며 중얼거렸다.

이성민은 카즈야의 맥을 짚어보았다. 미약하기는 하지만 끊어질 기미는 없었다. 아직 때가 되지 않았다고. 이성민은 위지호연이 중얼거린 말에 대해 생각해 보았다.

'수확하지 못했다.'

이 세상은 이미 종언의 운명에 들어섰다. 그럼에도 아직 세상은 멸망하지 않았다. 착실하게 멸망을 향해 나아가고 있을 뿐이다. 탐탁지 않은 유예였다.

그가 죽어서는 안 된다는 위지호연의 말 때문에, 이성민은 카즈야에게 함께 요정의 숲으로 가지 않겠냐고 제안했다.

하지만 카즈야는 쓰게 웃으며 머리를 흔들었다. 숲의 봉인을 유지하기 위해서라도 그는 이 마을에 남아 있어야만 했고, 결국 죽기 전까지는 마을을 떠날 수가 없는 몸이었다.

벽곡단만으로 연명하는 것은 그리 좋은 일이 아닌 듯해서, 이성민은 에레브리사를 이용해 카즈야를 위한 식량들을 준비해 그의 방에 가져다 놓았다.

'탐.'

위지호연은 마령에게서 지속적으로 피드백을 듣고 있다. 종언의 형태에 대해서는 위지호연이 이성민보다 잘 알고 있을 것이다.

이성민은 마을을 떠나기 전에 잠자는 숲을 돌아보았다.

정령의 여왕, 뱀파이어 퀸, 그리고 탐.

[수확을 거두지 못했다고 하였지.]

허주가 골몰히 생각에 잠겼다.

[이 세상은 완성된 기술을 얻기 위한 사육장이라고 했다. 아직 그 '기술'이라는 것을 손에 넣지 못했다는 것인가?]

'……종언의 시작에는 스승님이 크게 관여했다고 했어.'

학살포식이 했던 말이다.

사마련주가 인간으로서 너무 강해졌기에. 그가 도달한 무의 경지가 너무 높은 곳에 이르렀기에, 본격적으로 종언이 시작된 것이라고. 그 시점에서 사마련주의 기술은 충분히 완성되었을 것이다.

학살포식이 말하기를, 종언의 형태는 매번 다르다고 했다.

그중 반드시 출현하는 것이 학살포식이다. 과거로 돌아온 회귀자는 회귀한 순간부터 학살포식으로 내정되고, 종언이 시행될 때에 괴물로 각성하여 세상 모든 존재를 죽이고 잡아먹는다.

하나 더 알게 되었다. 잠자는 숲, 그 깊은 곳에 봉인되어 있는 괴물, 탐……. 이성민은 아랫입술을 잘근 씹었다.

학살포식이 존재를 잡아먹고, 탐은 세상을 잡아먹는다. 그리고 탐의 뱃속에서 세상은 무로 되돌아간다. 그런 식이라면, 탐이 출현하는 것은 종언의 마지막 때라는 것이다.

위지호연은 아직 탐이 출현하지 않을 것이라 확신했다. 그 말은 즉, 종언의 마지막 때가 아니라면 카즈야가 죽을 일도 없다는 뜻이기도 했다.

그렇다고 해서 안심할 수는 없었다. 앞으로 카즈야의 신변도 살펴봐야 할 것이다. 탐은 위지호연도 감당할 수 없는 괴물이라고 했고, 종언의 마지막이 아니고서는 깊은 잠에 빠진 탐이 깨어날 일도 없다.

해야 할 일.

손목의 팔찌가 웅웅거리며 진동했다.

[누구예요?]

품 안에 깃든 루비아가 물었다.

이성민은 손목에 찬 팔찌를 확인했다. 호수 쪽으로 갔던 스칼렛과 백소고와 연결된 팔찌가 반응을 보이고 있었다. 반응을 보건데 정령왕을 역소환시킨 것에 성공한 모양이었다.

이성민은 요정마를 소환해 베헨게르로 향했다.

⛪

"재미없었다."

일주일이 지나고서 창왕과 로이드도 요정의 숲에 합류했다.

창왕은 권태 가득 찬 표정을 지으며 자신이 겪은 일에 대해 말해주었다. 열흘 가까이 다하르 유적지에서 지냈고, 강림한 정령왕을 공격하여 역소환시키는 것에 성공했다는 이야기였다.

"공격하는 방식이 까다롭고 귀찮을 정도로 단단하기는 했다만. 그 외의 일을 제외하고서는 재미없었다. 열흘 가까이 기다리면서 기대했는데, 그 정도밖에 안 되니 실망밖에 못 느꼈어."

"쉽게 끝난 것이 다행입니다."

"정령왕이라는 것들은 원래 이렇게 약한가?"

창왕이 투덜거렸다.

사실 정령왕이 약한 것이 아니라 창왕이 너무 강한 것이다. 창왕은 창이라는 무기에 있어서는 정점에 선 무인이고, 이 세상에 종언을 불러온 장본인이라 할 수 있는 사마련주의 심득조차도 어느 정도 소화하는 위인이었다.

"원래 바로 강림한 정령왕님들은 약하다구요."

"요것 봐라. 지금 같은 정령이라고 편을 드는 게냐?"

"편을 드는 것이 아니라……."

"뭐가 아니야, 맞구만. 차라리 내가 거기서 싸우다가 죽어야 했나? 어? 아니면 놈이 강림했을 때 일부러 조금 기다려 주었다가 싸울 걸 그랬나?"

창왕이 이죽거리자 루비아의 어깨가 바르르 떨렸다.

요정의 숲에 있는 이성민의 동료 중에서 성격이 가장 지랄맞다고 할 수 있는 것이 창왕이었다.

"……그냥 할아버지가 엄청 강한 거예요. 됐죠?"

"내가 어딜 봐서 할아버지냐?"

"나이는 할아버지 맞잖아요."

루비아가 투덜거리는 말에 창왕이 콧방귀를 뀌었다.

로이드는 그런 창왕과 조금 떨어진 곳에 주저앉아서 한숨을 푹 내쉬고 있었다.

열흘 사이에 로이드의 뺨은 움푹 들어가 있었다. 굳이 묻지는 않아도, 그가 다하르 유적지에서 창왕에게 얼마나 시달렸는지 알 수 있는 모습이었다.

"고생 많으셨소이다."

흑룡협이 이해한다는 얼굴로 로이드의 어깨를 두드렸다.

스칼렛은 마탑에 가 있었고, 백소고는 나무 그늘에 앉아 명상 중이었다.

[이성민 님.]

창왕의 투덜거림을 들어주던 이성민을 향해 야나가 말을 걸었다.

이성민은 뒤를 돌아보았다. 야나가 멀찍이 서서 이성민을 바라보고 있었다.

[무슨 일이십니까?]

[잠시……]

야나가 난감한 표정을 지었다. 야나가 저런 표정을 짓는 것은 처음이었다.

이성민은 창왕이 떠드는 것을 무시하고 야나 쪽으로 다가갔다.

[……마령정에 가야 할 때가 되었습니다.]

그 말에 이성민의 뺨이 살짝 경직되었다.

야나가 가진 구미호로서의 힘은 마령에게 직접 받은 것이
다. 그 때문에, 야나는 주기적으로 휴잴 산맥의 마령정으로 가
의식을 치러야만 했다.

이성민은 여태까지 마령정에 가본 적이 없었다. 본래는 봉인
에서 깨어난 후로 마령정에 가 마령과 만나볼 생각이었다. 하
지만 에레브리사의 라플라스가 마령을 너무 믿지 말라 한 것
이 신경 쓰여서 가지 않았다. 그 이후로는 쭉, 마령과 만나는
것을 피해왔다.

[……가지 않으면 어떻게 되는 겁니까?]

[제가 가진 구미호로서의 힘이 사라지겠지요.]

야나가 쓰게 웃으며 말했다.

구미호는 요성을 띠게 된 여우가 천 년의 수행을 겪어 변화
하는 요괴다. 고작해야 400년 남짓 살아온 야나는 본래대로라
면 구미호가 되기에는 한참 부족했다. 그것은 야나 스스로도
인정한 사실이었다.

[제가 마령께 받은 것은, 본래라면 가질 수 없는 요력이었습니다.
아무리 제가 요괴로서 뛰어난 재능을 가졌다고 해도, 천 년의 수행
을 통해 쌓는 자연적인 요력은 어찌할 수가 없는 것이었지요.]

마령은 야나의 바람을 들어주었고, 그녀에게 구미호가 되는 데 필요한 요력을 주었다.

[마령정에 가서 의식을 치르지 않게 되면, 마령에게 받은 요력이 사라지게 됩니다. 애초부터 그런 계약이었습니다.]

[……알겠습니다.]

구미호로서의 힘이 사라지는 것은 이성민뿐만이 아니라 야나가 바라는 바도 아니었다. 이성민도 어쩔 수 없다는 것을 알았다.

어쩌면 과민하게 반응하고 있는 것뿐일지도 모른다. 마령이 수상쩍다는 것도 라플라스가 말해준 것이 전부였고, 어쩌면 마령에게 다른 꿍꿍이 따위는 존재하지 않을지도 모르는 일이다.

이성민은 요정마를 타고 야나를 어르무리에 데려다주었다. 마침 어르무리에 볼 일도 있었다.

"또냐."

프라우가 지긋지긋하다는 표정을 지으며 이성민을 보았다.

그 노골적인 시선에 이성민은 얌전히 품 안에서 조공을 꺼냈다. 큼지막한 금괴와 보석 몇 개가 테이블 위에 올라가자, 프라우가 끌끌 혀를 찼다.

"거부하기에는 너무 많은 돈이구나."

"부탁드립니다."

"줘봐."

프라우가 투덜거리면서 이성민을 향해 손을 뻗었다.

이성민은 월궁에서 찾아낸 월후의 물건을 테이블 위에 올려두면서, 프라우에게 은근한 시선을 보냈다.

그 시선에 프라우가 아랫입술을 혀로 핥으며 물었다.

"왜. 한번 하자고?"

"예?"

"아니야? 그럼 왜 사람을 그렇게 봐?"

"아니……. 매번 이런 식으로 찾아와 부탁하는 건 저도 좀 그렇고 프라우 님도 불편하지 않습니까. 그러니까……."

"꺼져."

프라우가 눈을 희번득 빛내며 내뱉었다.

"이런 식의 관계가 딱 좋아. 네 운명은 더 이상 보이지도 않고, 강제적인 운명이 너에게 얽혀 있지도 않긴 한데……. 그래서 너는 더 위험해. 나랑 같이 있으면 개죽음당하기에 딱 좋다."

"그게 무슨 말입니까?"

"운명에 얽히지 않았다는 것은 뭐든지 자유롭게 할 수 있다는 뜻이지."

프라우는 그렇게 중얼거리며 테이블 위에 올라간 동경을 들어 올렸다. 표면은 오랫동안 손질하지 않아 낡고 지저분했다.

"그런 놈이 얌전히 지내는 것도 아니고, 이 세상의 운명에 정면으로 거부하고 있어. 그런 너를. 운명을 정해놓고, 운명대로 세상을 이끌고 있는 신이라는 존재는 어떻게 받아들일까?"

"······별 관심은 없을 겁니다."

"어쩌면 그럴 수도 있지. 계란 하나 던져서 바위의 위치를 바꾸는 것은 불가능하니까. 그런데 말이야, 바위와 부딪친 계란은 반드시 깨져."

프라우가 피식 웃었다.

"······아벨의 죽음을 개죽음이라고 말하고 싶지는 않아. 그놈이 계란만도 못한 놈이었다고 말하고 싶지도 않고. 하지만, 결국 아벨은 죽었지."

"종언이 된다면 모두 죽을 겁니다."

"전부 다 죽는다면 오히려 공평하지."

프라우의 웃음소리가 커졌다.

"종언을 막겠답시고 몸부림치다가, 결국 죽고, 그 결과로 종언이 바뀌게 된다면······. 그럼 뭐해? 이미 죽었는데. 나는 죽었는데, 다른 사람들은 종언이 오지 않는 세상에서 하하 호호 웃으며 사는 거잖아. 나는 그런 것 싫거든. 왜, 내가 이기적으로 보여?"

"예."

"솔직해서 좋네. 맞아, 난 이기적이야. 나 혼자밖에 모르지. 개죽음당하고 싶지도 않고. 어쨌든, 나는 너와 함께 붙어먹어서 개죽음당하는 것은 사양이야."

그래도.

"충고 하나 정도는 해줄게. 운명력에 대해서는 오래전에 너에게 말해주었지."

운명에 작용하는 힘.

이 세상에 살아가는 존재라면 필연적으로, 어쩔 수 없이, 당연하게, 운명이라는 거대한 흐름에 얽혀 있다.

운명이라는 것은 모호한 것이고 언제든지 개변될 수 있지만, 그 흐름은 너무 커서 어지간한 일이 아니고서야 운명 자체가 완전히 바뀌지 않는다.

"운명력에서 탈출한 너는 그 흐름 속에 속해 있지 않다. 그렇기에, 너라는 존재는 운명을 상대로 큰 변수를 만들 수도 있어. 하지만…… 거듭해서 운명과 충돌하다 보면 좋든 싫든 휘말리고, 박살 나게 되어버린다. 너도, 너와 함께 행동하는 존재들도."

프라우는 그렇게 중얼거리며 수인을 맺었다. 테이블 위에 올려둔 월후의 물건들이 희뿌연 빛에 휘감겼다.

"……뭐야 이건?"

프라우가 중얼거렸다.

빠각!

안개에 휘감겨 있던 물건들이 박살 났다. 프라우는 급히 주술을 거두며 양손을 펼쳐 결계를 만들었다.

푸확!

박살 난 물건들 속에서 새하얀 빛이 치솟아 프라우를 덮쳤다. 하지만 그보다 먼저 펼쳐진 결계가 빛을 가로막았다.

"거 봐."

프라우가 짜증스러운 표정을 지으며 내뱉었다.

"너와 함께 있으면 개죽음을 맞게 된다고."

"방금 그건 뭡니까?"

"보면 모르냐? 물건의 주인이 처음부터 이런 장치를 해놨던 거야. 누군가가 이걸 통해서 자신을 쫓으려 하면 발동되는 저주를 심어놓은 것이지. 나 정도 되는 주술사니 망정이지, 어지간한 놈이었다면 방금 저주를 받아내지 못하고 죽었을 거다."

프라우는 손을 휘둘러 박살 난 물건들을 옆으로 치워 버렸다.

"위치를 추적하는 것은 실패했다. 저주까지 심어놓은 것을 보니 어지간히 위치를 들키고 싶지 않았던 모양이야. 실패했어도 보석은 안 돌려줄 거야. 내가 죽을 뻔했으니까."

"……보석은 괜찮습니다."

"돌아 가."

프라우가 침대에 털썩 앉으며 손사래를 쳤다.

"이번 일 덕분에 너랑 더 엮이고 싶지 않아졌어."

투덜거리는 프라우에게 묵례를 하고서 저택 밖으로 나왔다.

이성민은 바로 요정의 숲으로 돌아가지는 않았다. 외출한 김에 들러볼 곳이 있었다.

3장
무당

목적지에 도착하고서, 이성민은 요정마에서 내려왔다.

그는 험준한 산을 올려 보았다. 10년이면 강산이 바뀐다고 하던데, 무당산은 변함없는 모습으로 그곳에 서 있었다.

이성민은 기감을 열어보았다. 검선의 이기어검을 경계하였지만 그런 것은 느껴지지 않았다.

[검선을 포섭할 셈이냐?]

'검선은 무당산을 나올 수 없는 몸이잖아.'

이성민은 아쉬움을 느끼며 대답했다.

검선이 힘을 보태어준다면 강력한 아군이 될 것이다. 하지만 검선은 오래전 주화입마를 겪은 후로 무당산을 나오지 못하는 몸이 되었다고 했다.

그런 생각을 떠올리자 허주가 콧방귀를 뀌었다.

[그게 납득이 잘 안 된단 말이야.]

'무슨 말이냐?'

[주화입마 때문에 죽을 뻔했다는 것이야 이해하지 못할 일은 아니지. 하지만 그것과 무당산을 나오지 못하는 몸이 되었다는 것이 대체 무슨 상관이란 말이냐?]

'멀리 못 나간다는 말을 있어 보이게 포장한 걸지도 모르지.'

이성민은 그렇게 대답하면서 산으로 통하는 길을 올랐다. 어느덧 해가 기울어 하늘은 노을빛으로 물들어가고 있었다. 노을 진 하늘이 산의 풍경을 붉게 적신다.

이성민은 그것을 보며 오래전에 사마련주에게 했던 말을 떠올렸다. 함께 무당에 가기로 하지 않았느냐고. 백소고가 썼던 편지도 생각났다. 겨울이 지나 봄이 되면, 무당산은 샛노란 개나리가 만개해 황금빛으로 물든다고 했다. 이미 그 철은 한참이나 지나서, 무당산에는 개나리가 보이지 않았다.

'언젠가는.'

오늘은 아니다. 이성민은 검선의 거처를 향해 이동했다.

얼마 걷지 않아, 그의 기감에 누군가의 기척이 잡혔다.

"청명 님."

이성민은 낮은 소리로 그의 이름을 불렀다. 그러자 가까운 나무의 뒤편에서 도복 차림의 청명이 걸어 나왔다.

그는 쓰게 웃으며 이성민을 향해 포권을 취했다.

"오랜만입니다."

청명의 인사에 이성민도 똑같이 포권을 취해주었다. 청명은 이렇게 쉽게 자신의 기척이 들킬 것이라 생각하지 못한 것인지 조금 민망한 표정이었다.

이성민은 청명의 경지를 가늠해 보았다. 10년 전에도 청명은 초월지경이었다. 지금은⋯⋯.

'생각보다는⋯⋯.'

솔직히 말해서, 조금 실망스럽다. 적어도 느껴지는 것만을 생각해 보면 그러했다. 10년 전의 흑룡협이나 창왕과 비슷할 정도다.

어쩔 수 없는 일이었다. 그들은 가혹한 금제를 통해 자신을 단련하는 므쉬의 산에서 장장 10년을 버텼다. 청명이 검선의 제자라고 해도, 이 산에서 보낸 10년이 므쉬의 산에서 보낸 10년과 같을 리가 없다. 애초에 창왕과 흑룡협은 청명보다 높은 경지에 이른 고수들이었으니, 10년이 지났다고 해서 청명이 그들을 따라잡는 것은 불가능하다.

"스승님을 만나기 위해 오신 겁니까?"

"예."

"이쪽으로 오시지요."

청명이 말했다. 이성민은 얌전히 청명의 뒤를 따라서 검선의 거처로 향했다.

청명은 천천히 검선의 도관 쪽으로 가면서 말했다.

"뇌신(雷神), 소마황(小魔皇), 신창(神槍), 흑천제일마(黑天第一魔). 어느 별호가 가장 마음에 드십니까?"

"제 얼굴에 금칠하는 것 같아 전부 다 별로입니다."

이성민은 솔직한 심정으로 대답해 주었다.

혈맹을 박살 내고 모두가 보는 앞에서 혈마를 살해했다. 그 일로 인해 사람들이 이성민을 부르는 별호가 다양해졌다.

무공을 쓸 때마다 벽력 소리가 울리고 자전이 터진다고 하여 뇌신이라 부르는 이들도 있었고, 마황의 제자라고 하여 소마황이라 부르는 이들도 있었다. 창술이 신의 경지에 올랐다 하여 신창이라 부르는 이들도 있었고, 사마인 중에서 가장 강하다고 하여 흑천제일마라 부르는 이들도 있었다.

솔직히 말해서 전부 다 마음에 들지 않았다. 전부 다 자칭하기에는 낯이 간지럽다.

흑뢰번천이 극성에 이르지도 않았는데 뇌신이란 별호를 쓰는 것도 우습고, 소마황이라는 별호도 마찬가지였다. 창왕보다 못한 창술을 가지고 있는데 신창이란 별호를 쓰면 창왕이 비웃을 것이다. 흑천제일마도 마찬가지였다.

"스승님은 안에 계십니다."

검선의 도관에 도착했다.

이성민은 도관을 물끄러미 보면서 물었다.

"검룡과 지학은 아직 이 산에 있습니까?"

"둘은 얼마 전에 하산했습니다. 지학은 소림으로, 검룡은 남궁세가로 돌아갔지요."

그 말에 이성민은 조금 아쉬움을 느꼈다.

그가 무당산에 온 이유는 지학과 남궁희원, 그리고 가능하다면 청명의 도움을 받기 위해서였다. 만약 그들의 도움을 받을 수 있게 된다면, 이성민은 자신이 알고 있는 끌어들일 수 있는 초월지경의 고수 전원을 포섭하게 된다. 그 뒤에는 더 늦기 전에 제니엘라나 무신을 찾아 담판을 지을 생각이었다. 하지만 정작 와보니 검룡과 지학이 얼마 전에 하산했다니. 그렇다면 청명의 도움을 바랄 수밖에 없나?

그에 대해 이야기 하기 위해, 이성민은 도관 안으로 들어갔다.

"청명을 어찌 보느냐?"

도관에 홀로 들어갔을 때, 이성민을 반긴 목소리는 그것이었다. 이성민은 닫힌 문을 힐긋 보았다. 밖에는 청명이 서 있다.

검선이 끌끌거리며 웃었다.

"그 아이가 들을까 걱정이냐?"

"조금은."

"걱정하지 말거라. 소리 정도는 이미 차단해 두었다. 그보다…… 끌끌. 저 아이의 눈치를 보는 것을 보니, 좋은 말을 하고 싶지는 않은 모양이구나."

"또래에 비하면 훌륭한 성취지. 저 나이에 초절정에 들지도 못하는 이들도 수두룩하고, 저보다 더한 나이에 초월지경에 들지 못하고 죽는 이들이 수두룩한데."

"검선의 제자라 하기에는 부족하지 않으냐."

이리 오거라. 검선이 손짓했다. 이성민은 천천히 검선이 있는 곳으로 다가갔다.

예전, 검선이 있는 도관에 들어왔을 때와는 다른 냄새가 났다. 익숙한 냄새였다.

[괜히 왔군.]

허주가 중얼거렸다.

검선은 침상에 누워 있었다. 흔들거리는 촛불 아래에서 검선의 그림자가 보였다.

검선은 이성민이 다가오는 것을 보며 상체를 일으켰다.

"그새 많이 늙으셨군."

"이미 예전에 늙어 죽었어야 했다. 이 정도면 충분히 오래 살았어."

"무슨 일이 있었던 거요?"

"아무 일도 없었지. 아무 일도 없었어……. 그래서 이렇게 된 것이다. 이 늙은이는 이미 오래전에 주화입마로 죽어가는 몸이었고, 이 산의 정기에 기생해 목숨을 부지해 왔지."

그래서 무당산을 나올 수가 없었던 것이다. 검선은 주름진 얼굴을 구겨 웃었다.

"오랜만에 인사라도 하러 온 것이냐?"

이성민은 천천히 머리를 흔들었다. 그것을 보며 검선이 웃는 소리를 냈다.

"어디 내놓아 부끄럽지 않은 제자로 키웠다고는 자부한다. 하지만…… 부족하군. 아직도 부족해. 10년을 공을 들였건만 저만한 수준밖에 되지 않아."

"욕심이 너무 많은 것 아닌가?"

"많을 수밖에 없지. 멸망을 막을 정도는 못되어도 더디게 할 만큼은 키우고 싶었다. 하지만…… 크크. 아무래도 이 늙은이는 훌륭한 스승은 아니었던 모양이야."

"얼마나 남았소?"

"어쩌면 오늘 죽을지도 모르겠군."

검선이 고개를 주억거리며 말했다. 이성민은 씁쓸한 표정으로 검선을 보았다.

"이 늙은이를 동정하는 게냐?"

"당신을 동정할 만큼 친분이 깊지는 않다 생각하는데."

"끌끌!"

이성민의 말에 검선이 다시 한번 웃는 소리를 냈다.

"미운털이 단단히 박힌 모양이로고."

"당신은 나를 죽이려 했었으니까."

"이 늙은이는 네가 종언인지 아닌지 확신할 수가 없었다. 지금도 마찬가지지."

"10년 전의 나는 종언이었다. 하지만 지금은 아니야."

"그것은 노부가 헤아릴 수 있는 문제가 아니로구나. 하지만…… 이것만큼은 알겠구나. 지금의 노부는 너를 죽일 수가 없다."

"당신이 약해져서?"

"그 정도로 약해지지는 않았다. 어떻게든 살아는 있으니까. 이전처럼 이 산 전체를 감각으로 휘어잡지는 못하여도, 노부는 검선이다."

검선은 그렇게 중얼거리면서 이성민의 금색 눈을 들여 보았다.

"일천이가 제자를 잘 키웠구나. 청명…… 그 아이가 너만큼이나 강해졌다면, 미련 없이 생을 포기할 수 있었……."

검선의 말은 끝나지 못했다.

콰지지직!

둔탁한 소리와 함께 도관의 문이 박살 났다. 문을 뚫고 들어 온 무언가가 바닥을 뒹굴었다.

그 갑작스러운 일에 이성민은 놀라 뒤를 돌아보았다. 바닥을 구르는 것을 보고, 이성민의 두 눈이 크게 떠졌다.

이성민은 자신이 보고 있는 것이 현실인지 믿을 수가 없었다.

데굴데굴 굴러온 청명의 머리가 멈추었다.

우악스럽게 뜯긴 청명의 머리는 무슨 일이 일어난 것인지 알지 못한 것처럼 멀뚱거리는 표정이었다.

최후의 순간에 비명조차 지르지 못한 것이리라. 그런 일이 가능하단 말인가? 초월지경의 고수인 청명이, 저런 식으로 죽음을 맞았다고? 최후의 순간에 저항도 하지 못하고 자신의 몸에 무슨 일이 일어난 것인지도 알지 못하고서 죽었단 말인가?

"……어."

멍하니 벌린 입에서 그런 소리가 났다.

검선은 아무런 말도 하지 않고 있었다. 이해할 수가 없었다. 청명이 저렇게 죽은 것을 떠나, 왜 검선과 이성민은 청명을 죽인 흉수의 존재를 눈치채지 못하고 있었던 걸까. 아무리 둘이 대화에 집중하고 있었다 해도, 청명 정도의 고수를 저토록 무참히 죽일 존재가 다가왔다면 몰랐을 리가 없다.

"어라?"

목소리가 들렸다. 그 가느다란 음색에 이성민의 어깨가 흠칫 떨렸다.

'설마.'

이성민은 내려놓았던 창을 움켜쥐었다. 이성민의 등 뒤에서 검선이 몸을 일으켰다.

제니엘라는 둘의 움직임을 보면서 부서진 문턱을 넘었다.

그녀는 한 손에 들고 있던 청명의 몸뚱이를 아무렇게나 내려놓으면서 두 눈을 동그랗게 떴다.

제니엘라의 등 뒤에는 제미니가 있었다. 제니엘라가 그녀답지 않게 놀란 표정인 것처럼, 제미니도 마찬가지였다. 그녀는 머리를 갸웃거리며 이성민을 보았다.

"왜 당신이 이곳에 있죠?"

제니엘라가 물었다. 그건 이성민이 묻고 싶은 말이었다. 제니엘라와 마주치게 되니 전신에 오싹하고 소름이 돋았다.

조금 전까지만 해도 느끼지 못했던, 제니엘라의 끔찍한 존재감이 마주하고 나서야 이성민을 압박해 왔다.

그러니 더욱 이해가 되지 않았다. 제니엘라의 존재감이 얼마나 흉악한지는 이성민도 잘 안다. 그런데 왜 눈치채지 못했단 말인가?

"……청명……."

검선이 중얼거렸다.

"아하핫."

제니엘라가 웃었다.

"놀아줄 만큼 대단하지는 않아서 죽였는데. 이럴 줄 알았으면 유언 정도는 들을 걸 그랬나?"

"어떻게…… 당신의 존재는 느끼지 못했는데……?"

"어머."

이성민의 중얼거림에 제니엘라가 배시시 미소 지었다.

그녀는 웃고 있는 입술을 벌려 붉은 헛바닥을 뻗었다. 손가락을 적시고 있는 피를 할짝거리며 제니엘라가 말했다.

"당신은 나를 잘 모르는군요. 저는 뛰어난 마법사이기도 하답니다. 하고자 한다면, 존재감을 지우는 것 정도야 어려운 일은 아니에요."

재수가 없다. 이렇게 말할 수밖에 없었다. 설마 검선과 이야기를 나누는 중에 제니엘라가 이곳을 침범해 올 것이라고는 예상하지 못했다.

[그것뿐만이 아니다.]

허주가 경고했다. 허주 역시 제니엘라가 이런 식으로 습격해 올 것은 예상하지 못했기에, 목소리가 딱딱하게 굳어 있었다.

[밤이다.]

제니엘라의 등 뒤. 박살 난 문 너머 보이는 하늘은 새카만 밤이었다. 여태까지와는 경우가 다르다. 여태까지 이성민이 제니엘라와 대치하게 되었을 때 밤이었던 적은 없었다.

[다행히 만월은 아니로군.]

만월의 밤 아래에서 흡혈귀는 가장 강력해진다. 지금은 밤이었으나 만월은 아니었다.

얇은 초승달을 보며 이성민은 꿀꺽 침을 삼켰다. 제니엘라는 긴장한 이성민의 얼굴을 보며 풋 웃었다.

"이번에도 도망칠 건가요?"

"왜…… 이곳에 온 거지?"

"그에 대해서 당신에게 굳이 설명할 이유는 없을 것 같네요. 그래도 걱정은 하지 말아요. 오늘 내가 볼일이 있는 것은 당신이 아니거든요."

제니엘라의 두 눈이 검선을 향했다.

검선은 묵묵히 서 있었다. 그는 바닥에 놓인 청명의 머리를 보며 입술을 굳게 다물었다.

오늘.

방금 전까지만 해도 청명이 저렇게 죽을 것이라고는 조금도 생각하지 않았다. 그러나 생각하지 않았다고 해도, 청명은 죽었다. 그것은 절대 바뀌지 않을 사실이었다.

"……허어……."

꼭 물려 있던 검선의 입이 열렸다. 검선은 긴 탄식을 내뱉으며 머리를 들었다.

"……이 늙은 몸이 아직 움직여 다행이로다."

검선이 천천히 손을 들어 올렸다.

무언가가 이성민의 곁을 스쳤다.

소름 끼칠 정도로 날이 선 예기가 제니엘라를 덮쳤다. 검선이 직접 검을 잡아 휘두른 것도 아니었고, 이기어검을 날려 보낸 것도 아니었다.

아래에서 위로 들어 올리는 손짓. 그것만으로 공간 자체가 참격이 되어 제니엘라를 난도질했다.

제니엘라는 조금도 뒤로 물러서지 않았다. 그녀는 피식 웃으면서 손끝을 튕겼다. 손가락을 적시고 있던 핏물이 방울져 흩날렸다.

포옹.

핏방울이 크게 부풀었다. 붉은 장막이 제니엘라와 제미니를 둘러쌌다.

콰가가각!

검선의 참격이 그 위를 덮쳤다. 얇게 퍼진 핏물이 흔들리며 검선의 참격을 받아냈다.

그것을 본 검선의 뺨이 씰룩거렸다. 자신의 공격이 막혀서가 아니라, 제니엘라가 사용한 수법이 청명의 피를 사용한 것이어서였다.

"괴물."

검선은 살벌한 목소리로 그를 내뱉으며 발을 크게 앞으로 뻗었다. 아까 전까지만 해도 힘없이 누워 있던 노인은 더 이상 없었다. 무당파 최대고수이자 검이라는 무기에서 정점에 선 고수가 힘을 준 발로 땅을 찍었다.

쿠웅.

자그마한 진동이 바닥을 흔들었다. 지면에서 솟구친 무형의 참격이 피로 이루어진 장막을 찢어발겼다.

"아핫."

제니엘라가 웃음을 내뱉었다. 필살을 담은 검선과는 다르게 그녀는 계속해서 웃고 있었다. 가뜩이나 강력한 힘을 가진 제니엘라다. 밤은 그런 제니엘라를 더욱 강하게 만든다.

검선이 이성민의 곁을 지나쳤다.

"가라."

"하지만……."

"이 늙은이의 제자가 죽었다. 모든 것을 주려 했던 제자가…… 원수를 갚아야 할 것은 네가 아니야."

그렇다고 모른 척하고 물러설 수도 없는 일 아닌가.

어찌 보면 이것은 기회라고 할 수 있었다. 만월의 밤이라고는 하나, 이곳은 무당산이다. 그리고 정파 제일고수인 검선이 진심으로 제니엘라를 죽이려 하고 있다.

[기회일지도 모르지.]

허주가 거들었다. 지금은 만월이 아니다. 밤의 흡혈귀는 대낮보다 강하지만, 흡혈귀에게 절대적인 이점과 축복을 부여하는 만월은 오늘 밤에 떠오르지 않았다.

제니엘라와 함께 있는 것은 제미니뿐. 첸과 쿤은? 아이네는? 주원과는 아직 합류하지 않은 것일까? 모르겠다.

적어도 지금은 제니엘라와 제미니 둘뿐이다. 지금이라면…… 검선과 함께 힘을 합쳐, 제니엘라를 죽일 수 있지 않을까?

이성민이 그런 생각을 하는 중에도 검선은 제니엘라를 향해 다가가고 있었다. 그가 걸을 때마다 무형의 참격이 몰아치며 제니엘라를 찢으려 했다.

제니엘라는 키득거리며 손끝을 튕겼다. 손을 적신 핏물이 방울져 튕기며 참격과 부딪힌다.

"맛있었어요?"

제니엘라가 물었다. 그 질문은 검선이 아닌 이성민에게 향하는 것이었다.

"혈마 말이에요. 내 아버지. 맛있었나요?"

'아버지…….'

이성민은 혈마가 중얼거렸던 말을 떠올렸다. 부모는 결국 자식이 조르는 것을 들어줄 수밖에 없다던 말.

이성민은 창끝을 들어 올리며 물었다.

"……혈마가 당신의 아버지였나?"

"피가 섞이지는 않았…… 아, 섞이기는 했지. 내가 뱀파이어로 만들었으니까. 뭐, 그걸 떠나서요. 혈마는 저와 제미니의 양부였어요. 저희가 어렸을 때……. 700년도 전에 말이에요. 나와 제미니가 막 뱀파이어가 되었을 때 혈마의 도움을 많이 받았죠."

"혈마를 죽음으로 몰아넣은 것은 당신 아닌가?"

"제가 강요한 것은 아니에요. 그가 선택한 거죠. 그리고, 결국 혈마를 죽인 것은 당신이잖아요? 아, 그래도 당신을 아버지의 원수라고 생각하지는 않으니까 걱정 말아요."

제니엘라가 키득거렸다.

검선은 한가롭게 이야기를 나누는 제니엘라를 노려보면서 손을 들어 올렸다.

"그만."

제니엘라가 피식 웃으며 말했다. 제니엘라가 피에 젖은 손을 활짝 펼쳤다.

푸확!

붉은 장막이 크게 확장되어 도관의 실내를 휘감았다. 공간이 핏빛으로 물들어 흐른다. 제니엘라는 어깨를 들썩거리며 웃었다.

"그런 장난질로는 나를 죽일 수 없어요. 제자가 죽어 화가 난 것 같았는데, 꼭 그런 것도 아닌가 봐?"

"허어."

제니엘라의 조롱에 검선이 헛웃음을 흘렸다. 그 즉시 검선의 얼굴에서 웃음이 사라졌다.

검선의 손이 허공을 움켜잡았다. 보이지 않는 무언가가 검선의 한 손에 꽉 잡혔다.

그런 검선의 등을 보고 있던 이성민의 어깨가 흠칫 떨렸다.

쫘아악!

검선이 손을 휘둘렀다. 그의 손에 쥐어진, 보이지 않는 검이 공간을 찢었다.

제니엘라가 만들어낸 핏빛 세상이 양단되었다. 그와 함께 도관의 천장이 날아갔다.

불어 재낀 바람에 청명의 머리가 데굴거리며 굴렀다. 검선은 그를 돌아보지 않으며 땅을 박찼다.

늙어버린 몸이 공간을 뛰어넘었다. 제니엘라는 바로 앞까지 온 검선을 보며 두 눈을 동그랗게 떴다.

제니엘라가 손을 들어 올렸다. 그 순간에 검선의 무형검이 제니엘라의 몸을 베었다.

"어라."

몸을 가로지은 대각선의 상처가 제니엘라의 몸을 둘로 나누어 무너뜨렸다. 그것을 보며 검선은 무형검을 높이 치켜들었다.

그 순간에 제미니가 움직였다. 땅을 박차고 뛰어나간 제미니가 공격한 것은 검선이 아니었다. 그녀는 검선을 빠르게 지나치고서 이성민을 향해 양손을 내질렀다.

콰앙!

충격에 뒤로 밀려난 이성민의 몸이 도관의 벽을 뚫고 날아갔다. 이성민은 공중에서 자세를 잡으며 창끝을 제미니에게 향했다.

"아하하하!"

커다란 웃음소리가 밤하늘을 뒤흔들었다. 도관 전체가 붉은빛에 휘감기더니 폭발했다.

시뻘건 핏빛 속에서 제니엘라가 몸을 일으키는 것이 보였다. 검선이 휘두르는 무형검은 제니엘라가 내뿜는 빛을 밀어내지 못했다.

"도망가지그래?"

이성민의 몸이 땅에 내려서자, 제미니가 말을 걸었다. 그녀는 멀지 않은 곳에 서서 뒤를 돌아보았다.

핏빛에 휘감긴 제니엘라는 붉은 드레스를 입으며 땅에 내려섰다. 몰아치는 붉은 광풍을 상대로 검선은 조금도 물러서지 않았다.

그가 입은 낡은 도복이 바람에 맞아 펄럭거렸다. 검선은 깡마른 양팔로 무형검을 단단히 잡았다.

쿠르르릉!

붉은 폭풍 한가운데에서 검선의 몸이 은빛으로 빛났다. 검선이 한 걸음 걷자, 그의 몸을 휘감고 있던 은광이 거세어졌다.

그것은 잘 벼린 칼날이 발하는 검광이었다. 검선을 중심으로 해서 수백의 무형검이 떠올랐다. 제니엘라가 일으키는 붉은 폭풍을 상대로 주저하지 않고 나아가는 검선의 모습은 정말로 검선이라 하기에 충분했다.

"검선은 죽을 거야."

하지만 제미니는 주저 없이 그렇게 말했다.

"검선이 약하다고 말할 생각은 없어. 하지만 상대가 너무 좋지 않은 거야. 지금이 낮이었어도 검선이 제니엘라를 죽이지는 못할 텐데, 밤이잖아."

제미니는 그렇게 말하면서 손가락을 들어 하늘을 가리켰다.

"밤의 제니엘라는 불사신이야. 절대로 죽일 수 없어."

"만월이 아닌 밤에도 이렇게 강력하다면…… 지금이야말로 죽일 수 있는 적기 아닌가?"

"오늘이 만월이 아니라서?"

이성민의 중얼거림에 제미니가 날카로운 송곳니를 드러내며 웃었다.

"그래서 도망치라는 거야. 너는 제니엘라를 몰라. 오늘이 만월이 아니라서? 그래서 오늘이야말로 제니엘라를 죽일 수 있는 적기일 것이라고?"

제미니는 스스로 말하고도 우스운 것인지 큭큭거리며 웃었다.

[그거야말로 제니엘라를 모르니까 할 수 있는 말이지. 알겠어? 낮이건 밤이건 상관없어. 달이 뜨지 않건 초승달이 떴건 상관없다고. 제니엘라가 바란다면, 그녀는 언제고 낮을 밤으로 바꾸고 보름달을 뜨게 할 수 있어. 그것이 제니엘라가 가진 세 개의 마안 중 마지막 마안의 능력이지.]

그런 소곤거림은 전음으로 다가왔다. 제미니의 말을 듣고서 이성민의 눈이 크게 떠졌다.

[그래서 도망치라는 거야. 다행히 제니엘라는 지금 너를 죽일 생각은 없거든. 하지만, 그렇다고 해서 제니엘라가 자신한테 덤비는 너를 자비롭게 봐주지는 않을 거야. 이제 무슨 말인지 이해가 좀 돼?]

[……왜 나에게 그런 것들을 알려주는 거지?]

이성민은 제미니를 노려보면서 전음을 보냈다.

제미니의 행동이 수상쩍다는 것은 첫 만남 때부터 느껴왔던 것이다. 그녀는 다른 뱀파이어들과는 다르게 제니엘라에게 맹목적이지 않았다. 그때, 제니엘라의 저택에서 백소고를 넘겨주었던 것처럼. 지금도 제미니는 부탁하지도 않은 것들을 알려주고 있었다.

[그쪽이 재미있을 것 같으니까.]

제미니가 샐쭉 웃으며 말했다.

[믿건 말건 그건 네 자유야. 하지만, 여기서 네가 제니엘라에게 덤빈다면 개죽음인 것은 확실하지. 네가 검선을 돕는다고 해서 제니엘라를 죽이는 것은 불가능해. 그리고 내 존재도 너무 무시하지는 마.]

이러는 중에도 제니엘라와 검선은 충돌하고 있었다.

검선은 물러섬 없이 검을 무형검을 휘두르고 쏘아내며 제니엘라가 일으킨 마력의 폭풍을 찢으려 들고 있었다.

제니엘라는 여전히 웃고 있었다. 검선의 공격은 제니엘라의 방어벽을 찢지 못했다.

제미니가 손을 들어 뒤를 가리켰다.

"검선 혼자서 제니엘라를 죽일 수는 없어. 네가 더해진다고 해도 마찬가지야."

[신중해라.]

허주가 충고했다.

[할 수 있는 일과 하지 못 하는 일은 구분해야 해. 저 꼬마 흡혈귀의 말을 무조건 믿을 수는 없겠지. 제니엘라가 가진 세 번째 마안이 보름달을 만들어내는 것이라니, 너무 터무니없는 능력 아니냐.]

만약 그것이 사실이라면 제니엘라에게는 약점이 존재하지 않는다는 말이 된다.

여태까지 이성민은 제니엘라를 공략할 방법을 줄곧 생각해 왔다. 그중 가장 생각하기 쉬운 것은, 밤이 아닌 낮에 싸우는 것이었다. 최악의 경우 밤이 되었을 때를 생각해도 보름달이 뜬 밤은 피한다. 우선 그러한 상황에서 싸우는 것이 최우선이 었다.

하지만 제미니의 말이 사실이라면 그런 상황에서 싸우는 것 자체가 불가능하다. 아무리 날을 잡는다고 해도 제니엘라가 마안을 발동해 보름달이 떠오른다면, 결국 제니엘라가 가장 유리한 상황에서 싸울 수밖에 없다는 말이다.

[어찌할 테냐?]

할 수 있는 일과 하지 못 하는 일을 구분하라는 말.

하지 못 하는 일. 검선과 함께 제니엘라를 쓰러뜨리는 것. 그것은 불가능한 일이다. 이성민이 가진 모든 전력을 사용하고, 개벽과 구천무극창 마지막 초식인 무극을 사용해도, 아직 한 번도 사용하지 않은 무영탈혼의 최종오의를 사용한다고 해도 안 되는 것은 안 된다.

그렇다면 도망치는 것은? 그건 할 수 있다. 제미니가 말했던 것처럼 제니엘라는 지금 이곳에서 이성민을 죽일 생각은 없어 보인다. 제미니도 마찬가지였다.

지금 도망치려고 한다면 도망칠 수 있다.

하지만 검선을 데리고 갈 수는 없다. 검선 스스로가 그것을 바라지 않을 것이며, 무당의 정기를 통해 몸을 유지하고 있는 검선은 산을 떠날 수가 없는 몸이다.

결국, 혼자 도망칠 수밖에 없다. 이곳에서 제니엘라와 싸워 죽는 것은 개죽음일 뿐이다.

'아이네는 어디에 있지?'

첸은? 쿤은?

어떠한 예감이 이성민을 오싹하게 만들었다. 그는 천천히 발을 뒤로 끌었다. 하지 못 하는 일…….

그리고 할 수 있는 일.

"……물러서도록 하지."

"잘 생각했어."

제미니가 빙그레 웃으며 말했다. 이성민은 착잡한 눈으로 제미니의 어깨 너머를 보았다.

무형검을 쏘아내며 분전하는 검선에 비해 제니엘라에게는 많은 여유가 있었다.

'괴물.'

이성민은 천천히 발을 뒤로 끌었다.

검선은…… 죽을 것이다. 그럴 수밖에 없다.

'냉정해야 해.'

이성민은 이를 꽉 물었다.

끔찍한 기분이었다. 검선의 죽음을 애도할 시간은 없었다.

할 수 있는 일. 이성민은 다시 한번 그 말을 머릿속에 새겼다. 그는 더 이상 검선의 모습을 보지 않고서 몸을 돌렸다.

"다음에 봐."

제미니가 웃으며 손을 흔들었다. 이성민은 그 인사를 무시하고서 땅을 박찼다. 그는 단숨에 절벽까지 달려가 그 끄트머리에서 도약했다.

까마득한 낭떠러지를 뛰어넘으면서 기감을 활짝 열었다. 감각이 넓게 확장된다. 멀리서 들리는 소리가 귓가에 잡힌다.

고함 소리, 비명 소리.

생각대로였다. 이성민은 아랫입술을 잘근 씹었다.

무당파가 공격당하고 있었다.

해검지가 무너졌다.

박살 난 무당의 산문 너머에 도사들이 포진했다. 해검지에서 벌어진 일로 인해 문파에 남아 있던 모든 고수가 모였다.

그들 모두는 오늘이 무당파가 개파한 이래, 최악의 날이 될 것이라 생각하고 있었다. 해검지를 지나온 인외의 무리들은 예의 따위는 모르는 망나니들이었다.

"대사조님께 도움을 청해야 하는 것 아닙니까?"

"고작 이런 일로 대사조님을 귀찮게 하는 것이 무슨 망신이란 말인가?"

도사들이 서로 수군거렸다.

무당파 장문인은 뒷짐을 지고 서서 산문 바깥을 보고 있었다. 넷……. 장문인은 깊이 침음성을 삼켰다.

넷.

넷이다. 그럼에도 '고작'이라 말할 수가 없었다.

'아닌 것 같으면서도 신중하단 말이야.'

프레스칸은 로브 자락을 질질 끌면서 계단을 올랐다.

선두에 선 아이네는 이미 피에 흠뻑 젖어 있었다. 해검지를 지난 순간 습격해 온 무당파 도사들을 모조리 찢어 죽인 탓이었다.

'아니면 욕심이 많던가.'

제니엘라는 자신이 직접 검선을 죽이겠다며 검선의 거처로 향했다. 그리고 아이네와 첸, 쿤은 무당파 본관으로 향했다.

"오늘은 실컷 먹겠구나."

프레스칸은 흐뭇한 목소리로 말했다.

전부 죽이고 먹을 것.

제니엘라가 아이네에게 시킨 것은 그것이 전부였다.

촤라라락!

산문 저편에서 쏟아진 수십 개의 촉수가 산문을 통과했다. 꿈틀거리며 들어온 촉수가 크게 부풀더니 사방을 휩쓸었다.

미리 대응하고 있던 무당파 도사들이 검진을 굳건히 하며 촉수의 공격에 대응했다. 동시에 뽑아 휘두른 검이 촉수를 내리쳤다.

하지만 검강이 잔뜩 불어 넣어진 검으로 몇 번을 내리쳐도 촉수는 끊어지지 않았다.

길게 늘어났던 촉수가 수축했다. 아이네가 새카만 머리카락을 흩날리며 산문을 뛰어넘어 도사들 한가운데로 떨어졌다. 그녀는 아무런 말도 하지 않았다.

아이네는 피에 흠뻑 젖은 아랫입술을 혀로 핥으며 양어깨를 들썩였다. 꾸륵거리는 소리와 함께 아이네의 촉수가 꿈틀거렸다. 굵직한 촉수가 예리한 칼날로 변이했다. 아이네가 히죽거리며 웃었다.

아이네가 만들어낸 촉수를 강기가 뒤덮었다. 이글거리는 강기에서 불꽃이 튀었다. 새카만 화염이 강기를 휘감았다.

"오오오!"

산문을 폴짝하고 뛰어넘은 프레스칸이 감탄사를 발했다.

푸확!

아이네의 촉수가 움직였다. 촉수가 한 번 움직일 때마다 시커먼 불꽃이 번졌다. 불꽃의 정령왕을 통째로 잡아먹으며 갖게 된 불꽃이다.

허공을 수놓은 불꽃이 아이네의 의지에 따라 움직였다. 꺼지지 않는 불꽃이 도사들을 덮쳤다. 호신강기 위에 불꽃이 올려 붙는다. 도사들이 휘두르는 검은 아이네의 촉수와 부딪칠 때마다 허무하게 부러졌다.

아이네는 킬킬 웃으면서 사뿐사뿐 걸었다. 휘청거리는 검진의 틈 사이로 아이네의 촉수가 파고들었다.

전신에 불꽃이 붙어 허우적거리는 도사들의 가슴을 촉수가 꿰뚫는다. 심장과 맞닿은 순간에 촉수의 끄트머리는 쩍하고 벌어져 입이 되었고, 그대로 심장을 씹어 삼켰다.

첸과 쿤은 묵묵히 그 뒤를 따랐다. 둘이 나설 것도 없었다. 검선이 나서지 않는 무당파는 아이네에게 있어서는 놀기 좋은 놀이터였다.

"자, 장문인!"

무당파 장문인은 얼굴을 일그러뜨리며 아이네가 벌이는 학살을 보았다. 그는 아랫입술을 잘근 씹으면서 내뱉었다.

"……대사조님께 사람을 보내거라."

"예……!"

장문인의 명을 받은 도사들이 뛰어갔다. 장문인은 그들이 가는 것을 확인하고서 검을 뽑았다.

장문인의 호령과 함께 태극검진이 펼쳐졌다. 태극검진은 소림의 백팔나한진, 개방의 타구봉진과 함께 정파 무림 삼대 절진으로 꼽히는 진법이다.

아이네는 덮쳐오는 검의 파도를 보고 히죽거리며 웃었다. 그녀의 등 뒤에서 튀어나온 촉수들이 모조리 칼날이 되었다.

천천히 들어 올린 양손을 활짝 펼친다. 그녀의 양팔이 단단한 각질의 갑옷으로 덮이고 손가락은 길쭉한 손톱이 되었다.

이성민은 하늘을 가로질렀다. 그는 한 줄기 번개가 되어 험준한 봉우리들을 뛰어넘었다.

[도망치는 게 낫지 않냐?]

허주가 물었다.

[네가 이곳에서 무슨 일을 벌이건, 그건 네 자유이긴 하다만. 네가 하는 일이 제니엘라가 하고자 하는 일을 방해하는 것임은 알아 두어라.]

'나도 알아.'

[제니엘라가 너를 왜 살려두고자 하는 것인지는 모르겠어. 어쩌면 단순히 재미 때문일지도 모르지. 하지만 네가 계속 그년을 방해한다면, 제니엘라는 이곳에서 너를 죽일 거다.]

'그것도 알아.'

무너진 해검지가 보였다.

'하지만 해둘 수 있는 일은 해두어야 해. 제니엘라를 죽이는 것은 불가능하지만, 그래도…… 다른 것은 할 수 있어. 그리고 지금은 검선이 제니엘라를 잡고 있다.'

아이네가 고립되어 있다. 앞으로도 이런 기회가 있을지는 또 모르는 일이다. 게다가 첸과 쿤까지 제니엘라와 떨어져 있으니, 그들을 죽이기 위해서는 지금이 적기였다.

[많이 변했군.]

이성민의 생각을 읽은 허주가 킬킬거리며 웃었다.

[예전처럼 감정에 휘말리지도 않고. 귀여운 맛은 사라졌다만.]

이성민의 몸이 아래로 떨어졌다.

태극검진은 무너지기 직전이었다. 거듭된 충돌과 내상으로 검진을 펼치고 있던 도사들은 꽉 다문 입술 사이로 시커먼 피를 줄줄 흘리고 있었다.

이미 승패는 누가 보아도 확실히 알 정도로 판가름이 나 있었지만, 무당파 도사들은 물러설 수가 없었다.

아이네는 압도적인 싸움을 싫어하지는 않았다.

충분히 공을 들이고 노력하고 열심히 해서 싸워 이기는 것도 즐겁기는 했지만, 아이네에게 있어서 싸움이라는 것은 사냥이었다.

공들여 사냥하며 힘을 빼는 것보다는 쉽게 사냥하고 쉽게 먹는 것이 좋았다.

이번에도 마찬가지였다. 먹을 것은 잔뜩 있었다. 태극검진은 아이네를 압박하지 못했고, 사냥은 쉬웠다.

빠지지직!

아이네의 몸이 뒤로 튕겨 날아갔다. 그녀는 공중에서 몸을 뒤집으며 자세를 잡았다.

아이네의 두 눈이 크게 떠졌다. 그녀의 감각이 둔해서, 이성민의 접근을 느끼지 못했던 건 아니었다. 단순히 이성민이 너무 빨랐다. 아이네가 느끼기 전에, 이성민은 이미 아래에 떨어졌다.

무당파 도사들은 무슨 일이 일어난 것인지 이해하지 못했다. 아이네는 조금 늦게 이성민이 덮쳐온 것을 알아차렸고, 쿤과 첸은 그보다 늦었다.

아이네는 파직거리는 전류 속에서 몸을 일으키는 이성민을 보았다. 아이네의 금색 두 눈이 크게 떠졌다.

그녀는 자신과 같은 색의 눈을 가진 이성민을 보았고, 그 순간에 생전 처음 느껴보는 커다란 희열을 느꼈다.

이곳에서 이성민과 만나게 될 것이라고는 생각도 하지 못했다. 10년이란 시간이 흘렀지만, 서로의 모습은 거의 변하지 않았다. 아니, 엄청나게 변했어도 아이네는 이성민을 반드시 알아보았을 것이다.

심장이 뛰고 있었다.

아이네의 발이 땅을 걷어찼다. 가슴이 너무 들떠서인지 걸음걸이가 꼬여, 아이네의 몸이 앞으로 휘청거리며 넘어졌다.

그녀는 미친 듯이 웃으면서 무너지려던 몸을 양손을 뻗어 땅을 긁으며 지탱했다. 그러면서 손으로 땅을 밀어 당기며 앞으로 뛰었다.

짐승처럼 도약한 아이네를 보며, 이성민은 희열보다는 불쾌감을 느꼈다.

심장이 함께 뛴다. 어르무리에서, 그리고 트라비아에서 느꼈던 요력의 공명이 가슴을 흔들었다.

푸확!

아이네는 자신이 다룰 수 있는 모든 촉수를 꺼내어 이성민에게 쏘아 보냈다. 낮은 하늘에서 수백 개의 촉수가 비처럼 쏟아졌다.

이성민은 왼손에 쥐고 있던 창을 위로 들었다. 휘릭 하고 한 바퀴 돈 창이 양손에 잡혔다.

파앗.

빛이 터졌다. 자색 전류가 끓었다.

콰아앙!

밤하늘이 순간 대낮처럼 밝아졌다. 아이네의 촉수가 이성민이 터뜨린 뇌광에 처참하게 박살 났다.

하지만 아이네는 통증을 느끼지 않는다. 촉수는 아이네의 일부였으나 없어졌다 해도 큰 손해는 아니었다. 흩어진 육편은 다시 아이네에게 달라붙어 새로운 촉수가 되었다.

완전히 소멸했다고 해도 상관없다. 검은 심장을 중심으로 구성된 아이네의 육체는 가진 힘이 다하지 않는 한 무한히 재생한다.

"심장 도둑!"

괜히 휘말릴 것을 걱정하여 멀찍이서 보고 있던 프레스칸이 빽 하고 고함을 질렀다.

그는 시커먼 어둠 속에서 안광을 번쩍거리며 로브를 바르르 떨었다. 어찌 잊을 수 있을까. 프레스칸에게 있어서 이성민은 자신이 겪은 모든 불운의 시발점이었다.

이성민과 만나기 전까지만 하여도, 프레스칸은 깊은 지하 던전에서 행복하게 잘 살고 있었다. 하고 싶은 연구를 마음껏 하고, 다른 이들 눈치도 보지 않고, 던전이 용병들에게 들통났다고는 해도 프레스칸에게 있어서는 큰 문제는 아니었다. 얼마든지 정리할 수 있었다.

이성민 때문에 모든 것이 꼬였다. 정신 마법이 반사된 탓에 프레스칸은 치명적인 타격을 입었고, 그로 인해 아이네와 힘을 합쳤어도 로이드를 죽이지 못했다.

만약 이성민과 엮이지 않았더라면 문제없이 용병들을 몰살시키고, 후에 습격해 온 로이드도 죽일 수 있었을 것이다.

그 뒤에는? 조금 눈치가 보이기는 하겠지만 다른 곳에 던전을 만들고 그곳에 눌러앉아 살 수 있었을 것이다.

꼬였다. 로이드가 살아남은 덕에 프레스칸은 쭉 마법사 길드의 추격을 받아야만 했다. 평생을 바쳐 만들었던 두 개의 검은 심장 중 하나를 저 도둑놈에게 빼앗겼다.

마법사 길드의 추격을 피해서 북쪽까지 올라가다가 뱀파이어 퀸에게 사로잡혔다. 강제로 프레데터의 일원이 되어 아르베스의 관리를 받았다. 온갖 모욕과 멸시를 받고 아이네까지 빼앗길 뻔했다……. 눈물의 세월이었다. 그 모든 것의 시발점이었던 심장 도둑이 바로 앞에 있다.

프레스칸은 전율에 몸을 떨었다. 지금이야말로 10년도 전에 빼앗겼던 것을 되찾아야 할 때였다.

"아이네!"

내 딸아! 프레스칸이 부르짖었다.

"놈의 심장을 뽑아 씹어라!"

그렇게 말할 필요는 없었다. 아이네는 애초에 그렇게 할 생각이었다.

쉬리릭!

아이네의 몸에서 꿈틀거리던 촉수가 모조리 그녀의 안으로 들어갔다. 촉수를 움직이는 것으로는 위력이 부족하다.

아이네의 전신 근육이 들썩거렸다. 체구는 변하지 않았지만, 그녀의 육신에는 어마어마한 힘이 깃들었다.

"오랜만이야."

아이네가 소곤거렸다. 아이네는 제법 반가움을 느끼고 있는 모양이었지만, 이성민은 아니었다.

가슴 안에서 살의가 꿈틀거렸다.

쉭.

아이네가 움직였다. 이성민은 두 눈을 크게 떴다. 사각을 파고들며 들어오는 아이네의 움직임에는 군더더기가 없었다.

아이네는 충분히 빨랐다. 그 속도로 내지르는 주먹은 온갖 종류의 권법을 뒤섞고, 그중에서 정수만을 뽑아낸 권법의 궤도를 따르고 있었다.

'과연.'

그것만을 봐도 알겠다. 아이네가 지금까지 살아오면서, 얼마나 많은 존재를 먹어왔는지.

이성민과 다르게 아이네는 적극적으로 포식을 해왔다.

물론 이성민이 아이네만큼 포식을 했다 해도 아이네만큼의 성장은 거두지 못했을 것이다. 둘은 기초적인 육체의 구성부터가 다르다. 드래곤 하트나 사마련주, 혈마의 힘이 완전히 체득되지 않은 것도 그 때문이었다.

[그래도.]

허주가 피식거리며 웃었다.

[네가 더 빠르군.]

그 말대로였다. 순식간에 공격이 오갔다.

아이네의 눈이 동그랗게 떠졌다. 그녀는 박살 나 터진 자신의 주먹을 돌아보았다.

이성민은 앞으로 뻗은 창을 쭈욱 밀어냈다. 창끝이 살짝 흔들렸다.

파직!

전류가 흘렀다.

소리 없이 아이네의 몸뚱이가 터졌다. 아이네의 몸이 비틀리며 밀려났다. 그녀는 기울어지는 시야를 붙잡았다.

머리 절반이 사라져 있었고, 몸뚱이도 곳곳이 터져 있었다. 하지만 아이네는 죽지 않는다. 그녀는 오히려 입술을 비틀며 웃었다.

아이네의 몸이 순식간에 재생되었다. 그녀의 재생력은 이성민과 비교가 되지 않았다. 시커먼 불꽃이 아이네의 몸을 휘감았다. 터진 몸뚱이가 불꽃 속에서 재생되었다.

이성민은 아이네의 몸을 휘감은 불꽃을 보며 조금 놀랐다.

'마법?'

아니, 그런 것과는 느낌이 다르다. 그러면 양강 무공인가? 그런 느낌도 아니다. 뭔가 다른…… 그래.

[바람의 정령왕이라는 놈과 비슷한 느낌이군.]

푸확!

시커먼 불꽃이 아이네의 몸을 완전히 집어삼켰다. 이성민은 몇 걸음 뒤로 물러서서 아이네를 응시했다.

페무드 화산에서 불꽃의 정령왕이 역소환된 것이 아니라 소멸했다는 말. 이성민은 이제 서야 그 말이 무슨 말인지 이해했다. 아이네가 불꽃의 정령왕을 잡아먹은 것이다.

[터무니없는 계집년이로군!]

허주가 껄껄 웃으며 말했다. 정령왕을 잡아먹다니, 그런 일이 가능하다고도 생각해 본 적이 없었다.

도리어 잘 되었다는 생각도 들었다. 바람의 정령왕은 이성민

이 역소환시켰고, 땅의 정령왕과 물의 정령왕도 정령계로 역소
환시켰다. 즉, 아이네가 다른 정령왕을 더 포식할 일은 없다는
것이다.

그리고 반드시 죽여야 할 이유가 늘었다.

[퀸.]

머릿속에 들려오는 소리에 제니엘라의 눈이 동그랗게 떠졌다.

푸확!

붉은 장막이 찢어지며 무형검이 제니엘라를 덮쳤다. 제니엘
라는 피하지도 물러서지도 않았다. 무형검이 썰어버린 머리가
공중으로 솟구쳤다.

[왜?]

[귀창이 왔습니다.]

첸은 무덤덤한 목소리로 그렇게 보고했다. 높이 난 머리가
안개가 되어 흩어졌다.

몸뚱이 위에 새로이 머리가 생겨났다. 제니엘라는 목을 손
으로 어루만지면서 피식 웃었다.

[짓궂다니깐.]

제니엘라는 멀찍이 서서 싸움을 보고 있는 제미니를 힐긋

보면서 중얼거렸다.

하지만 그녀는 제미니를 탓할 마음은 없었다. 이러니저러니 해도 수백 년 동안 함께 지낸 진짜 자매다. 동생의 저런 짓궂은 장난쯤은 웃음으로 넘겨 줄 수 있다.

[아이네를 죽게 두지는 마.]

제니엘라는 첸에게 그렇게 명령하면서 바로 앞에 있는 검선을 보았다.

"계속할 거야?"

제니엘라가 웃으며 물었다.

검선은 멀지 않은 곳에 누운 청명의 시체와 머리를 힐긋거리며 보았다.

이런 상황에서도 검선은 청명의 시체가 훼손되지 않도록 조심하고 있었다. 공간 전체를 휘감는 무형검이 청명의 시체를 해하지 않도록 틈을 주었고, 제니엘라의 공격이 저쪽을 향할 때도 굳이 나서서 공격 궤도를 흩뜨렸다.

'의미 없구나……'

검선은 힘이 풀린 무릎에 힘을 주었다. 비틀비틀 일어서며, 그는 땀에 흠뻑 젖은 머리카락을 털었다.

뭉친 머리카락 끝에 맺힌 땀방울 너머로 제니엘라가 보였다. 저 괴물 중의 괴물은 조금도 피로한 기색 없이 빙글거리며 웃고 있었다.

"크크……"

검선은 제니엘라를 보며 자조적인 웃음을 흘렸다.

가슴은 불덩이를 통째로 삼킨 것처럼 뜨겁다. 하지만 얼어 버린 이성은 냉정하게 상황을 볼 수 있게끔 만들어 주었다.

몸은 예전 같지 않았다. 아니, 예전과 같거나 그 이상이라 해도 결과는 달라지지 않았을 것이다.

주화입마는 검선에게서 육체의 자유를 앗아갔으나, 주화입마에 든 후로 쭈욱 명상하여 육체가 아닌 마음을 단련했다. 그렇게 이룩한 무(武)는 주화입마에 들지 않음을 상정하여도 결코 부족하다 할 수가 없었다.

그냥, 격이 다르다. 단지 그것뿐이다. 검선의 무형검은 제니엘라에게 위협을 주지 못하고 있었다.

제니엘라의 방어 결계를 뚫는 것에 성공하고, 제니엘라의 몸을 도륙 내는 것까지는 가능하다. 하지만 그를 아무리 거듭해도 제니엘라를 죽일 수는 없다.

저 괴물의 여왕은 아무리 머리를 자르고 심장을 꿰뚫어도 웃음소리와 함께 재생해서 움직인다.

"좋아."

몸을 일으키는 검선을 보면서 제니엘라는 짝짝 박수를 쳤다. 그녀는 활짝 웃는 얼굴을 끄덕거리며 말했다.

"더 하겠다는 거지? 포기가 빠른 남자는 별로 좋아하지 않

아. 그러니까, 나는 당신이 싫지 않다는 거야. 이런 상황이 아니었다면 당신을 혈족으로 삼는 걸 진지하게 고심했을지도 모르겠는걸."

진심으로 하는 말이었다. 제니엘라는 저런 유형의 인간을 싫어하지 않는다. 아무리 절망스러운 상황에서도 절망하지 않으려 애쓰며 발버둥 치는 인간을 사랑한다.

제니엘라가 수백 년 동안 가장 심취했던 취미가, 그렇게 발버둥 치는 인간을 은근한 회유와 유혹으로 타락시켜서, 뱀파이어로 만들어달라고 스스로 애걸하게 만드는 것이다.

제니엘라가 살아온 700년이라는 긴 세월 동안 그 취미를 신경 쓰지 않고 뱀파이어로 만든 것은 제미니와 혈마, 둘뿐이었다.

"하지만 지금은 그럴 시간이 없는걸."

제니엘라는 정말로 그 사실이 안타까웠다.

충분한 시간만 있었더라면 검선을 더욱 절망시키고, 그가 자신의 신념과 복수심을 꺾고서 뱀파이어로 만들어달라 애걸하게 만들었을 텐데.

제니엘라는 혀를 차면서 검선을 향해 손을 뻗었다.

파각!

공중에 핏방울이 튀었다. 제니엘라의 수법은 검선의 주변을 에워싼 무형검의 흐름에 부딪혀 튕겨 나갔다. 제니엘라의 입꼬리가 씰룩거리며 말려 올라갔다.

검선은 숨을 몰아쉬면서 정신을 집중했다. 주화입마를 겪은 그의 육체는 직접 싸우는 것이 불가능할 정도로 나약하다. 노화를 최대한 억누르고 몸에 내공을 흐르게 하여도 육체는 어쩔 수 없는 노인의 것이다.

이러한 몸으로 직접 검을 들고 싸우는 것은 효율이 너무 안 좋다. 어지간한 놈이라면 맨몸으로도 제압할 수 있겠지만, 상대는 수백 년 묵은 뱀파이어의 여왕이다.

덕분에 검선의 무공은 몸을 쓰지 않는 방향으로 발전했다.

무형검과 이기어검.

이미 검선은 그 두 분야의 검공을 통해 전성기 이상의 기량을 갖게 되었다.

하지만…… 상대가 좋지 않다. 죽지 않는 뱀파이어의 여왕을 상대로는 무형검과 이기어검만으로 부족하다. 그 두 가지가 안 된다면, 무엇으로 해야 한단 말인가. 검선은 더욱 정신을 집중했다.

검선은 이곳에서 자신이 죽을 것임을 잘 알고 있었다. 제자의 죽음으로 복수심에 불타는 가슴은 저 빌어먹을 괴물을 죽여 버리겠노라고 고함을 지르는데, 이성은 그것이 불가능하다는 것을 알고 있다.

그래도 물러서지 않는다. 물러설 수가 없었다. 검선은 이성민이 떠나기 직전에 보낸 전음을 떠올렸다. 무당파 본산이 습격당하고 있다던 전음을.

'얼마나 살았을까.'

모두 무사히 대피하리란 생각이 욕심이라는 것은 안다. 그래도, 최소한이라도. 무당이라는 이름을 계승하여 앞으로 이어나갈 수 있는 아이들이 살아서 도망치기를 바란다.

……아니. 그것에 의미가 있을까? 어차피 종언은 정해졌고, 모두 다 죽어 사라지는 것이 예정되어 있는 미래인데.

느슨해지는 정신을 잡는다. 그렇다고 해도 지금 당장 죽는 것은 아니다. 죽지 않으면, 살아 있으면. 어떻게 될지는 아무도 모르는 것이다. 어쩌면, 정해진 운명이 바뀌는 일이 정말로 일어날지도 모르는 일 아닌가.

'나는 충분히 살았지.'

너무 오래 살았다. 이미 오래전에 죽었어야 할 몸이다. 주화입마로 무너지는 몸을 살고자 하는 열망으로 붙잡았다.

그렇게 연명해서 살았음에도 더 높은 경지에는 오르지 못했다. 목숨을 연명할 의미가 없었노라고, 몇 번씩 생각하곤 했다.

'아니다.'

죽어가던 몸을 억지로 일으켜 세운 의미는 분명히 있었다. 그렇게 한 덕에 검선은 오늘까지 살아남을 수 있었다.

청명을 떠올린다.

제자.

생각해 보면…… 욕심이 너무 많았다. 청명의 재능에 감탄하여 제자로 들이고, 단 한 번도 무당산을 나가지 못하게 만들었다.

매일매일 무공을 익히게 했다. 청명은 훌륭하게 초월지경의 고수가 되었으나, 그런 청명에게 제대로 된 칭찬도 해준 기억이 없었다. 욕심이 너무 많았다. 내가 직접 가르치는 제자니까, 그만한 경지는 당연하다고 여겼다. 더 뛰어난 고수가 되어야 한다고 생각했다. 혹독하게 가르쳤다.

수십 년 동안 산을 나가지 못하고 검만 휘둘렀음에도 청명은 불평하지 않았다. 그 아이는 언제나 흐릿한 미소를 지으며 까다로운 늙은 스승의 닦달을 받아냈다.

결국 죽었다. 허무하게, 아무것도 하지 못하고. 수십 년 동안 이 산에 틀어박혀 익힌 무공을 세상에 선보이지도 못하고 죽어버렸다.

그것을 생각하니 검선은 마음이 찢어지는 것만 같았다. 왜 그리 욕심을 부렸을까. 일 년, 아니, 최소 한 달이라도 하산하여 세상을 보고 오라 말할 것을. 그게 뭐가 그렇게 힘든 일이라고…….

제니엘라는 다가오는 것을 멈추지 않았다.

그녀는 지금 이 순간 검선이 무슨 생각을 하는지 조금도 관심이 없었다. 자신이 죽인 청명이 검선에게 있어서 어떤 존재인지, 그의 허망한 죽음으로 검선이 얼마나 괴로워하고 있는지도 관심이 없었다.

검선은 진기를 긁어모았다. 주화입마로 무너지던 그의 몸을 지탱해 준 것은 무당파에 내려오던 도가의 비술이었다. 그로 인해 검선의 몸뚱이는 이 산의 지맥과 연결되었고, 육체는 산의 정기에 기생하며 버티게 되었다.

검선이 긁어모은 진기는 이 산의 정기였다. 무인이 진원진기를 격발시키는 것과 같았다. 검선은 자신의 혼을 불태워 가며 산의 정기를 힘으로 삼았다.

"발악하기는."

제니엘라는 그런 검선을 보고 피식거리며 웃었다.

제니엘라는 위기감을 느끼지 않았다. 이 세상에 그녀에게 위기감을 줄 만한 존재는 없다. 사마련주나 허주라면 또 모를까, 그러나 그들은 오래전에 죽었다.

검선은 제니엘라가 비웃는 소리를 들으며 두 눈을 감았다. 그의 주변을 에워쌌던 무형검이 흐릿한 빛을 발하더니 사라졌다.

검선이 뭔가를 저지르려 한다. 제니엘라는 그것을 알았지만, 경계심을 갖지는 않았다. 오늘 밤이 보름달이 아니어도 그녀는 압도적인 힘을 가진 포식자였다. 검선이 뭔가를 의도하고 있다 하여도, 제니엘라는 그에 어떠한 위협도 느끼지 않는다.

제니엘라는 오만했다. 당연히 방심도 했다. 사실 그녀가 오만하지 않고, 방심하지 않았다고 해도 이 순간의 결과는 달라지지 않았을 것이다.

툭.

제니엘라의 머리가 아래로 떨어졌다. 그 순간에 제니엘라는 참격을 느끼지 못했다. 자신의 머리가 바닥에 떨어졌다는 것도 느끼지 못했다.

몸뚱이는 머리의 부재를 알아차리지 못하고 걸었다.

파바바박!

제니엘라의 몸이 수십 조각의 육편으로 잘렸고, 그 후에 몰아친 검풍에 다시 수백 조각으로 나누어졌다.

"……흡……."

검선이 숨을 삼켰다.

공간이 참격으로 가득 찼다. 무형검이 아니다. 검선의 검은 그 영역에서 한 단계 더 진보했다. 혼을 담보로 하여 얻은 힘이 닿지 못했던 영역까지 강제로 검선의 발을 당겨서 닿을 수 있게 만들었다.

검선은 움직이지 못했다. 움직일 수가 없었다.

그의 의식은 육체보다 앞선 곳에 있었고, 육체가 그를 따르기 위해 걷는다면 이 강제적인 무아지경이 박살 나게 될 것임을 알았기 때문이다.

비산한 수백 수천 조각의 육편이 서로 엉겨 붙었다. 형체를 알 수 없게 잘게 썰린 제니엘라의 몸이 재생한다.

검선의 눈이 크게 떠졌다. 그의 눈은 이전에 보지 못했던 것을 보았다. 잘게 나누어진 육편이 붉은 선으로 연결되어 있다.

검선은 빠득 이를 갈았다. 움직이지 않는 그의 의식이 더욱 예리하게 변했다.

베어야 한다. 베어야 한다. 베어야 한다…….

검선은 꽉 다문 입술 속에서 그를 되뇌었다.

검선은 검을 쥐고 있지 않다. 하지만, 검선의 마음이 검이 되었다. 보이지도 않고 존재하지도 않는 검 한 자루가 나타났다. 그 누구도 볼 수 없는 검이지만, 검선은 보았다.

저것은 그의 마음이었다. 베어야 한다. 검선은 다시 한번 생각했다. 청명의 잘린 머리가 의식 한복판에서 떠올랐다.

'스승님.'

하고 부르던 목소리. 기침하셨습니까. 몸은 어떠십니까. 알겠습니다. 그렇습니까. 감사합니다. 예, 예, 예.

단 한 번도 싫다 하지 않았던 그 아이의 목소리가, 늙어 만들어진 주름을 일그러뜨렸다.

목 없는 청명의 시체가 등을 떠미는 기분이었다.

베어야 한다, 아니, 벤다.

마음속에 떠오른 검이 검선의 몸에서 빠져나왔다. 여태까지 살아오면서 수없이 많은 검을 보았지만, 자신의 마음이 만들어낸 검의 빛깔에 검선은 낮게 감탄을 흘렸다.

검이 움직인다. 마음의 검은 이 세상의 모든 법칙 위를 노닐고 어디든 갈 수 있으며 어디에도 있고 어디에도 없었다. 그것은 검의 형태를 하였으면서 검이 아니었지만, 그럼에도 검이 할 수 있는 것은 뭐든지 할 수 있었다.

뭔가가 보였다. 흐릿하여 잘 보이지 않았다.

길…… 처럼 보였다. 풍경이 흔들린다. 제니엘라가 보이지 않는다. 검도 보이지 않는다. 무너질 듯 사라질 듯 흔들리는 풍경 속에서 하나의 길이 보였다. 검선은 멍하니 그것을 보았다.

검선은 감히 그 끝을 볼 수가 없었다. 그럼에도 끝을 보고 싶었다. 이 길이 뭔지도 모르는데, 검선은 이 뭔지 모를 길을 걸어 그 끝을 보고 싶다는 열망에 휩싸였다.

검선은 길을 향해 걷고자 발을 뻗었다.

"자네에겐 너무 이르군."

길의 먼 곳에서 그런 목소리가 들렸다. 이 목소리를…… 어디서 들었더라. 단순한 목소리가 몸을 떠미는 것만 같았다. 등 뒤에서는 머리 없는 청명이 몸을 미는데, 앞에서는…… 목소리가 오지 말라 몸을 민다. 검선은 결국 어쩌지도 못하고 그 자리에 섰다.

"안타깝게도."

아, 그래.

이 목소리는…….

우드득.

검선의 몸이 축 처졌다.

제니엘라는 손에 잡혀 꺾인 검선의 목을 보았다. 주름 가득한 검선의 얼굴을 들여 보면서 제니엘라는 미간을 찡그렸다.

최후의 순간에 검선은 무슨 생각을 하였을까. 대체 무엇을 보았기에 이런 표정을 지었을까.

"이럴 줄 알았다면 죽이지 말 걸 그랬나?"

제니엘라는 작은 목소리로 투덜거렸다. 궁금한 것의 답을 듣지 못하는 것은 답답해서 싫다. 하지만 이미 늦었다.

제니엘라는 검선의 목을 놓았다. 검선의 몸이 힘없이 아래로 축 처졌다.

"마안까지 쓸 정도였어?"

다가온 제미니가 머리를 갸웃거리며 물었다.

제니엘라의 머리 위, 그리 높지 않은 곳에 자그마한 구체가 떠 있었다. 제니엘라가 가지고 있는 마지막 마안을 써서 강제로 만들어낸 보름달이다.

"뭔지는 모르겠는데, 위험했어."

제니엘라는 솔직하게 말했다.

검선이 마지막에 하고자 한 것이 뭔지 모르겠다. 자신의 몸이 셀 수 없을 정도로 많은 육편으로 조각나고, 그 뒤에……몸뚱이가 재생하는 것보다 빠르게 무언가가 일어나려 했다.

만약 마안을 쓰지 않았더라면 어떻게 되었을까. 보름달의 마력을 받아 초고속 재생을 이루지 않았더라면? 검선의 목을 잡아 비트는 것보다 검선이 하고자 했던 무언가가 더 빨랐더라면?

"조금 쉬어야겠어."

제니엘라는 자리에 주저앉으며 말했다. 마지막 마안은 그 어떤 순간에도 보름달을 만들어내지만, 그렇다고 만능은 아니었다. 이것은 제니엘라가 가진 최후의 보루인 만큼 많은 패널티를 갖는다.

"널 믿어도 될까?"

제니엘라가 제미니를 힐긋 보며 말했다.

"걱정하지 마, 퀸."

제미니가 히죽 웃으며 대답했다.

검선이 무너지기 전.

이성민은 온몸에 화염을 휘감은 아이네를 상대로 창을 찔렀다.

이성민의 창이 움직일 때마다 불꽃은 그 뜨거운 혀를 날름

거리며 창을 삼키려 들었다. 하지만 창에 깃든 전류에 불꽃은 감히 공격을 삼켜내지 못했다.

불꽃 속에서 웅크린 아이네는 터질 듯 쿵쾅거리는 가슴의 고동을 느꼈다. 이 강렬한 충동은 이미 수십의 심장을 삼킨 아이네로 하여금 미쳐 버릴 것 같은 허기짐을 느끼게 만들었다.

아이네는 아직 뽑아 먹지 못한 이성민의 심장을 상상하며 군침을 삼켰다. 아마 그것은, 틀림없이, 태어나서 처음 맛보는 맛일 것이다. 그리고 엄청나게 맛있겠지.

'당연하잖아. 내 몸에 있는 것이랑 똑같은데.'

입안에 침이 잔뜩 고였다. 빨리 먹고 싶어서 견딜 수가 없었다. 하지만 쉽게 먹을 수가 없었다.

'여기서 아이네를 죽여야 한다.'

이성민은 그 사실을 상기했다. 검선이 제니엘라를 붙잡고 있는 지금이 최고의 타이밍이었다.

제니엘라는 아이네를 학살포식으로 만들려 하고 있다. 그것은 틀림없는 사실이었다. 불꽃의 정령왕까지 포식한 아이네는, 이성민처럼 애초부터 내정되지 않았다고 해도 앞으로 학살포식에 준하는 괴물이 될 무궁무진한 가능성을 품고 있었다.

[왜 제니엘라가 이곳까지 행차한 것인지 알겠군. 아마 저 계집에게 검선을 먹게 할 생각이겠지.]

'나는 제니엘라를 이해하지 못하겠어.'

이성민은 덮치는 불꽃의 파도를 피해 보법을 펼치며 허주의 투덜거림에 대답했다.

'왜 굳이 아이네를 시키는 것이지? 제니엘라 본인이 하는 것이 여러모로 편하잖아.'

[그 미친년이 무슨 생각을 하는 것인지 내가 어찌 아느냐……만. 마냥 그렇게 말하기에는 제니엘라가 보여준 것이 너무 많군.]

허주가 중얼거렸다.

[그 계집은 직접 하는 것보다는 보고 싶은 것이다. 미래를 보는 마안으로 너무 많은 것을 봐버렸고, 수백 년을 들여 자신이 본 것을 실현하기 위해 행동해 왔지. 학살포식이 출현하지 않게 되었기에, 그 계집은 자신의 손으로 직접 학살포식을 만들려는 거야. 이 세상이 멸망하는 것을 전제로 두고 말이지.]

'구경하고 싶다는 말이로군.'

[그렇지. 네가 여기서 아이네를 죽인다면……. 제니엘라, 그 계집이 정말 미쳐 날뛰는 꼴을 보게 될지도 모르겠어. 저 꼬마 괴물마저 죽는다면 제니엘라가 보았던 미래는 완전히 닫히는 셈이니까.]

하지만 결과적으로 바뀌지는 않을 거다. 허주가 중얼거렸다.

[그렇게 되면 제니엘라는 정말 막무가내로 행동할 테니까. 지금까지 제니엘라는 직접 나서는 것보다는, 자신이 본 미래를 실현하기 위해 행동해 왔다. 이 산을 습격한 것도 저 꼬마

괴물의 힘을 키우기 위해서였지. 하지만 그것이 사라진다면? 제니엘라가 어떻게 행동할까?]

허주의 말은 이성민이 생각하는 것과는 다른 관점으로 전하는 말이었다.

그것에 이성민도 조금 멈칫할 수밖에 없었다. 허주의 말을 무시할 수가 없었다.

그의 말대로, 여태까지 제니엘라가 큰 액션 없이 조용히 움직여 왔던 것은 아이네를 학살포식으로서 제련하기 위해서였다. 그로 인해 지금까지의 유예가 만들어졌다.

처음부터 제니엘라가 전면에 나서서 행동했더라면…….

[네가 봉인된 10년 동안 세상이 멸망했을 것이다.]

그에 대해 말하는 것에 허주는 조금도 망설이지 않았다. 이성민도 인정할 수밖에 없었다. 지금 세상에서 단독으로 제니엘라를 막을 존재는 없다.

[너는 여기서 저 계집을 반드시 죽이겠다고 생각한 모양이지만, 이 어르신은 꼭 그럴 필요는 없다 본다. 저 계집이 있음으로써 제니엘라의 행동이 어느 정도 통제되기 때문이야.]

'그렇다고 내버려 두기에는 아이네는 너무 위험해.'

[그렇지. 아마 검선은 제니엘라에게 죽을 거야. 그리고 제니엘라가 그린 그림대로라면, 저 계집이 검선의 시체를 먹겠지. 저 계집은 너와 다르게 포식도 주저하지 않는 데다가, 너보다

처먹는 것에 효율도 좋다.]

콰르르르!

불꽃이 서로 달라붙으며 길게 이어졌다. 아이네가 웅크리고 있던 몸을 폈다.

거대한 불꽃의 벽이 몸을 일으켰다. 그것은 빠르게 전진하며 가로막는 모든 것을 불태우고 이성민을 덮치려 들었다.

이성민은 손아귀에서 창을 회전시키며 몇 걸음 뒤로 물러섰다.

[도망치십시오.]

우선, 이성민은 무당파 장문인을 향해 그런 전음을 보냈다. 무당파 장문인이 뭐라 항변하려 입을 열었지만, 이성민은 그가 끝까지 말하게 두지 않았다.

[이건 검선 어르신의 뜻입니다. 도망치십시오. 이 산을 버리고 최대한 멀리 도망치십시오.]

검선의 죽음에 대해서는 전하지 않았다. 무당파 장문인이 그를 듣고 순순히 물러설 위인으로 보이지는 않았기 때문이었다.

아마, 사조의 원수를 갚겠다고 길길이 날뛰겠지. 그것은 검선이 바라는 바가 아니다.

공도가 길을 열었다. 불꽃의 벽 한가운데에 커다란 구멍이 뚫렸다. 하지만 이후의 초식을 펼치기도 전에 넘실거리는 불꽃이 다시 그 구멍을 메웠다. 이성민은 냉정하게 생각했다.

아이네를 죽일 생각이었다.

하지만 죽인 뒤에는? 미쳐 날뛰는 제니엘라를 어떻게 해야
할까. 아이네의 존재가 제니엘라를 조금이라도 억제하고 있던
것은 사실이다. 아이네가 죽는다면 제니엘라는 직접 나서서
스스로 종언의 재앙이 될 것이다.

시간.

이성민에게는 시간이 필요했다. 어떻게 해서든 시간을 벌어
야만 했다. 아이네를 죽이는 것은 제니엘라라는 재앙을 만드
는 것이고, 지금의 이성민은 제니엘라를 감당할 수가 없다.

변수.

변수를 만들어야 한다. 변수로 삼을 거리가 없다면, 억지로
라도 만들어야 한다.

[어쩔 테냐?]

허주가 묻는다. 그에 대해 대답하기 전, 등 뒤에서 흠칫하고
위기감이 느껴졌다.

이성민은 즉시 몸을 비틀어 돌리며 창을 크게 휘둘렀다. 불
꽃 너머에 숨어서 공격을 감행한 첸과 쿤이 뒤로 밀려난다. 여
태까지 보고만 있던 제니엘라의 혈족들이 직접 움직이기 시작
했다. 그만큼 아이네가 제니엘라가 하고자 하는 일에 중요한
존재란 뜻이리라.

[허어.]

이성민이 떠올리는 생각을 전해 듣고서, 허주가 웃음 섞인 소리를 냈다.

[악수가 될지도 모른다만?]

'변수는 돼.'

[미친놈!]

허주가 껄껄거리며 웃었다.

아이네, 첸, 쿤. 적은 셋인 반면에 이성민은 혼자였다. 그것이 크게 문제 되지는 않았다. 제니엘라…… 아니, 제미니 정도가 더해지지 않는 한.

"……후욱."

이성민은 숨을 삼켰다. 손에 쥔 창을 의식한다.

무극을 펼쳤을 때 이후로 이성민은 줄곧 창의 무게를 느껴 왔다. 창왕은 그것이 신창합일의 시작이라고 했다. 무게를 알고, 창을 알고, 그것을 쥐고 있음을 의식하고. 내가 창이 되며, 창이 내가 되는. 그다음 경지에 대해 물었을 때.

'내가 어떻게 알아, 새끼야? 너 지금 내가 창왕이라는 별호 달고 여기까지밖에 못 했다고 시비 거는 거냐? 궁금하면 뒈진 네 스승에게 물어봐라!'

그런 욕지거리를 들었다. 창왕도 신창합일 이상은 도달하지 못했다는 뜻이리라. 사마련주가 무신과의 싸움에서 보여주었던 불가해의 경지 초입까지는 어떻게 닿은 모양이지만, 그 경지는 창왕의 역량으로도 조금 흉내 낸 것만으로 피를 토할 만큼 높았다.

그 말은, 신창합일에 오른 것으로 사마련주의 경지에 조금은 근접했다는 말이다.

'찌른다.'

무게감 있는 창을 기본에 충실하여 찌른다. 그것뿐이다.

푸확!

넘실거리는 불꽃에 크게 구멍이 났다. 그 너머에 있는 첸의 얼굴이 보인다.

무표정이던 놈의 두 눈이 크게 떠진다.

꽈드득!

힘을 주어 내지른 창이 첸의 어깨 관절을 꿰뚫었다.

"큭!"

이성민은 밀어붙인 창을 비틀어 뽑았다. 그러고는 그 곁에서 공격을 감행하려던 쿤을 덮쳤다.

빠각!

창대에 얻어맞은 쿤의 몸이 크게 휘청거렸다. 결정타를 먹이려는 순간에 뒤에서 아이네가 덮친다.

불꽃에 휘감긴 아이네의 손톱이 등을 찌른다. 돌아보지 않앉아 있어도 이성민은 그를 느꼈다. 무극 이후로 그의 감각은 더욱 예리해졌다.

순식간이었다.

아이네의 손이 허우적거리며 허공을 긁었다. 양팔은 박살 났고 가슴에는 커다란 구멍이 났다.

상처를 회복한 첸과 쿤이 이를 악물며 이성민을 향해 덤벼들었다. 둘은 제니엘라의 혈족 중에서 세 번째와 네 번째를 맡고 있다. 하지만 두 번째인 혈마와 비교하면 까마득한 차이가 있었다. 어지간한 초월지경의 고수라도 우습게 상대할 수 있는 둘이었지만, 이성민은 어지간한 수준의 고수가 아니었다. 오늘이 달이 뜬 밤이라고 해도 그들은 혈마보다 약하다. 혈마와 비교가 안 된다. 그런 둘이 합공한다고 해서 이성민을 압박하는 것은 불가능했다.

게다가 밤의 축복을 받는 것은 뱀파이어뿐만이 아니다. 요괴도 뱀파이어만큼은 아니어도 밤의 축복을 받는다. 감각은 더 예리하게, 성정은 더 난폭하게, 근육은 더 강하게, 몸놀림은 더 빠르게, 요력은 더 진하게.

끼이이잉.

요력이 끓었다. 괴력난신이 발현되었다. 이성민이 풍긴 요력이 공간 전체를 휘감았다.

첸과 쿤의 하얀 얼굴이 더욱 창백하게 변했다. 쉼 없이 타오르던 아이네의 불꽃이 순간 정지했다.

작정하고 펼친 괴력난신은 아주 잠깐이나마 그들의 체감시간을 정지시켰다. 시간은 움직이지만, 이성민을 제외한 모두는 움직이지 못했다. 괴력난신은 대요괴가 자각하여 발현시키는 요술로써 상식을 따르지 않는다.

이성민은 아이네를 죽이는 것보다는 제니엘라의 상위 혈족인 첸과 쿤 형제를 배제하는 것을 우선으로 두었다.

달이 뜬 밤에 저 정도의 상위 뱀파이어를 죽이는 것은 쉬운 일이 아니다. 무턱대고 죽이는 것도 문제다. 제니엘라에게 비롯된 뱀파이어들은 죽게 되면 그 힘이 제니엘라에게 환원된다. 그러한 경우의 해답을 이성민은 이미 알고 있었다. 단지 알아도 하고 싶지 않을 뿐.

애초에 포식은 이성민에게 있어서 효율이 그리 좋은 행위는 아니다. 이성민이 포식으로 얻을 수 있는 힘은 드래곤 하트 때에 이미 한계에 닿았다.

완전히 소멸한 것이 아니라 몸 어딘가에 잔재될 가능성도 있기는 하지만, 당장 편하게 쓸 수도 없는 힘이다. 내키지 않는다고 해도 이런 일에 있어서 망설임을 가질 생각은 없었다. 할 수 있을 때 해야 한다. 무턱대고 심장을 먹는 것이 포식의 답은 아니다. 더 이상 재생할 수 없을 정도로 몰아붙이는 것이 우선이다.

모든 것은 순식간에 일어났다. 괴력난신이 공간을 압박하여 이성민을 제외한 이들의 움직임이 멈춘 것도 순식간이었고, 그 즉시 휘두른 창에 모두가 피를 뿜으며 널브러지는 것도 순식간이었다.

첸과 쿤보다 아이네의 재생이 빨랐다. 그녀는 방금 전 자신에게 일어난 일을 이해하지 않았다.

아이네가 이성민을 노리고 뛰었을 때, 이미 이성민은 첸과 쿤의 가슴에 사이좋게 창을 박아주었다.

창을 뽑은 즉시 뒤로 휘둘러 아이네의 접근을 견제한다. 파고드는 손톱을, 허리를 살짝 비트는 선에서 피하고 발을 밀어 넣는다.

무영탈혼의 이보겁살이 아이네를 뒤로 밀어냈고 삼보필살과 사보광란이 불꽃과 함께 아이네를 찢었다.

고함을 지르며 덤비는 첸과 쿤에게 괴력난신을 집중해 움직임을 압박했다. 분뢰추살이 그들의 몸에 수십 개의 구멍을 만들고 복사백탐으로 첸의 머리를 박살 내고서 절명섬이 쿤의 머리를 터뜨렸다.

압도적이었다. 심장 도둑을 죽이라며 고함을 지르던 프레스칸은 아무 말도 하지 못하고 싸움을 지켜보았다.

싸움은 프레스칸의 눈으로는 쫓아갈 수가 없었다. 자색 전류가 파직 거릴 때마다 피가 튀었고 누군가가 쓰러졌다.

다시 일어나면 다시 쓰러진다. 프레스칸은 자신의 딸인 아이네가 몇 번이고 피를 뿜는 것을 지켜보았다.

"내 딸아!"

프레스칸이 부르짖었다.

[검선이 죽었어.]

머릿속에서 들리는 목소리에 이성민의 몸이 멈칫 굳었다.

[도망치라고 했잖아. 왜 안 도망치고 여기에 있는 거야?]

제미니가 투덜거렸다.

[장난이 너무 심한 것 아니야?]

이성민은 감각을 열고서 제미니를 찾으려 했다. 하지만 예리해진 감각으로도 제미니를 위치를 포착하는 것은 불가능했다.

[나를 찾으려 하지는 마. 내가 마음먹고 숨으려 하면 퀸 말고 나를 찾는 것은 불가능하니까. 그보다, 너, 왜 도망치지 않은 거야?]

덕분에 내가 여기까지 왔잖아. 제미니가 쏘아붙였다.

[나도 입장이라는 게 있으니까, 네가 억지로 뭔가를 더 하려 한다면 내가 나서서 너를 막을 수밖에 없어.]

"퀸이 오지 않는 것엔 그럴 만한 이유가 있겠지."

이성민은 들으라는 듯이 중얼거렸다. 그 말에 제미니가 큭큭거리며 웃었다.

[맞아. 퀸은 직접 오지 못해. 왜냐하면, 마안을 써버렸거든. 나는 잘 모르겠지만, 검선은 마안을 써야 할 정도로 강했던 모양이야.]

만월을 만들어내는 마안.

[그 마안을 사용하면 퀸은 움직일 수 없게 되거든. 정확히 말해주자면, 자신이 만들어낸 보름달의 영역 밖으로 나갈 수가 없는 거야.]

이번에도 제미니는 묻지도 않은 것을 나서서 말해주었다.

제미니는 제니엘라의 혈족이면서도 다른 뱀파이어들과는 다르게 제니엘라에게 완전히 복종하지도, 통제되지도 않는다.

이성민은 제미니를 회유할 생각은 없었다. 하지만 제미니가 알려주는 것들은 확실하게 기억했다.

[물러서.]

제미니가 제니엘라에게 다른 꿍꿍이가 있는 것은 분명하다. 하지만 이번의 경고는 진짜였다.

이성민은 제미니와 싸우고 싶은 마음이 없었다. 제미니가 정확히 무슨 꿍꿍이를 가지고 있는지 모르겠지만, 적의 적은 아군이라는 말도 있잖은가.

제미니를 포섭할 생각은 없지만 당장 죽일 생각도 없었다. 애초에 그것도 쉬운 일은 아닐 것이다.

제미니는 살아온 세월만 보아도 혈마와 같았다. 제미니 정도의 뱀파이어와 달이 뜬 밤, 그것도 제니엘라가 있는 곳에서 싸우는 것은 사양이었다.

[네가 여기서 물러선다면 일은 매끄럽게 끝나.]

제미니가 소곤거렸다.

[말했잖아. 퀸은 너를 죽일 생각이 없다고. 퀸이 마안을 펼쳐 공간 안에 갇혔다고는 해도, 퀸이 무력해진 것은 아니야. 억지로 나오는 것도 가능해. 그냥, 하지 않을 뿐이지.]

검선이 죽었다. 그 죽음에 이성민은 씁쓸한 안타까움을 느낄 수밖에 없었다. 죽은 제자의 원수를 갚는 것도 실패하고, 결국 죽어버렸나.

밀려오는 감정에 취할 새도 없었다. 아이네의 움직임은 빨랐고 첸과 쿤은 사각을 노렸다.

이성민은 여전히 제미니의 위치를 파악하려 하면서 그들의 공격을 받아냈다.

[다시 경고할게. 물러서. 내가 입장 때문에 나서게 하지 마.]

어차피 오래 싸울 생각은 없었다. 생각해 두었던 것을 즉시 실현하지 않고서 굳이 맞서 싸우며 시간을 끌었던 것은 무당파 도사들이 산을 내려가 도망칠 시간을 벌어주기 위해서였다. 그것이 제니엘라와 싸워 죽은 검선에 대한, 그리고 허망하게 죽은 청명에 대한 예우라고 생각했다.

시간은 충분히 끌었다. 이 정도면 산을 내려가 도망쳤을 것이다.

"좋아."

이성민은 머리를 끄덕거리며 답했다. 그 작은 목소리에 제미니가 키득거리며 웃었다.

[잘 생각했어. 이렇게 된 이상 네가 이 산에서 할 수 있는 일은 아무것도 없어. 지금의 너는 제니엘라를 막을 수가 없거든. 딱히 나중 가서도 방법이 있을 것 같지는 않지만…… 그래도 지금 죽는 것보다는 낫지 않아?]

이성민은 제미니의 이죽거림을 들으면서 천천히 창을 내려놓았다. 적의가 없음을 제미니에게 과시하듯이 한 행동이었다.

첸과 쿤의 행동이 멈췄다.

제미니가 둘에게 언질을 준 탓이겠지. 하지만 아이네는 다르다. 아이네는 여전히 굶주림을 느끼고 있었고, 이성민을 죽이려 들었다.

오히려 아이네가 그런 행동을 해주는 것에 이성민은 감사를 느꼈다. 그녀가 멍청하게 행동한 덕에 제미니의 의심을 막을 수 있을 테니까.

이성민은 아이네의 공격을 피해 공중으로 도약했다.

아이네는 낚싯줄을 낚아채는 고양이처럼 그 즉시 도약해 이성민이 오른 높이까지 뛰어올랐다.

이성민은 아래를 힐긋 보았다. 거리는 충분했다. 막무가내로 돌진하는 아이네를 향해 창을 겨누었다.

방법은 이미 준비해 두었다. 창끝에 어린 자색 요력이 크게 일렁거렸다.

내지른 창끝이 아이네에게 닿았을 때, 응집되었던 요력이 크게 부풀었다.

푸확!

터진 요력이 아이네의 몸을 집어삼켰다.

환계가 열렸다.

"앗."

어둠 속에서 그것을 지켜보고 있던 제미니의 두 눈이 크게 떠졌다. 머릿속을 스치는 생각에 제미니는 급히 밖으로 빠져나왔다.

저 무공이 무엇인지는 안다. 이름은 모르지만, 혈마를 잠깐이나마 가두었던 공간. 혈마의 힘으로도 자력으로 빠져나오는 것에 제법 고생할 수밖에 없었던 무공.

제미니는 평소처럼 웃을 수가 없었다. 설마. 제미니는 이를 빠득 갈면서 고함을 질렀다.

"막아!"

커다란 외침에 첸과 쿤이 위로 도약했다. 하늘에는 자색 구름이 드리워져 있었다. 제미니도 직접 나섰다.

그녀의 손 위에 새빨간 마력이 모였다. 제미니가 손바닥을 활짝 펴자 모인 마력이 몇 배 크기로 부풀었다. 제미니는 구름을 노려보면서 마력을 쏘아냈다.

콰르르르!

공간을 찢으며 쏘아진 마력이 환계와 충돌했다.

"제니엘라에게 전해줘."

환계 속에서 목소리가 들려왔다.

"협상할 생각은 있다고 말이야."

슉.

환계가 꺼졌다. 뭉쳤던 자색 구름이 사방으로 흩어졌다. 땅에 선 제미니는 끔찍한 표정으로 위를 올려 보았다. 이성민과 아이네의 모습은 없었다.

아이네의 존재가 제니엘라를 직접 나서지 않게 만든다는 것은 틀림없는 사실이다.

제니엘라가 바라는 것은 자신의 손으로 세상을 멸망시키는 종언이 되는 것이 아니라, 자신이 보았던 미래가 그대로 실현되는 것이다.

그것은 의심할 여지가 없다. 아이네를 학살포식으로 만들기로 한 이상 제니엘라는 전면에 나서지 않는다.

하지만 만약 아이네가 죽는다면 제니엘라가 직접 나서지 않을 이유가 사라진다. 그것은 이성민이 바라는 바가 아니었다. 그가 원하는 것은 시간이었고, 변수였다.

콰당탕!

이성민과 아이네는 함께 요정마의 위에서 추락했다.

아이네는 영문도 모르고 고함을 지르며 이성민을 향해 손톱을 휘둘렀다.

이성민은 양손으로 아이네의 손목을 잡고서 이마로 아이네의 안면을 들이박았다. 둔탁한 소리와 함께 아이네의 머리가 뒤로 젖혀졌다.

"크륵!"

주저앉은 코에서 핏물이 튀었다.

이성민은 손에 잡은 아이네의 손목을 한 바퀴 비틀었다. 왼손에 어린 혈환신마공의 강기가 아이네의 명치를 때렸다.

쿠웅!

아이네의 몸 안에서 혈환신마공의 내가중수법이 폭발을 일으켰다. 아이네의 칠공에서 검붉은 피가 뿜어졌다.

이성민은 이 일격으로 아이네의 내장이 박살 난 것을 알았지만, '고작' 그 정도로 아이네를 제압할 수 없음은 알았다.

이성민은 바닥에 떨어진 창을 향해 손가락을 까닥거렸다. 그즉시 창이 공중으로 날아오르더니 아이네를 향해 쏘아졌다.

아이네의 입이 쩍 벌어지며 피가 뿜어졌다. 그녀는 급히 손을 움직여 겨드랑이를 관통한 창을 뽑으려 버둥거렸다.

이성민은 그런 아이네를 발로 걷어차 쓰러뜨리며 일어섰다.

[오긴 했군.]

허주가 낄낄거리며 말했다. 이성민은 얼굴에 튄 피를 손으로 털어냈다.

환계 속으로 아이네를 끌어들이고, 즉시 요정마를 소환한 뒤에 아이네의 멱살을 잡고서 공간을 도약했다. 도중에 아이네가 발버둥 쳐서 요정마에서 떨어지지 않을까 걱정했는데, 무사히 요정의 숲에 도착하는 것에는 성공했다.

"뭐야?"

갑작스러운 소란에 사람들이 몰려든다.

이성민은 버둥거리는 아이네를 향해 다가갔다. 아무리 강력한 재생력을 가지고 있어도 관통한 이상 그것을 빼내지 않고서는 재생이 제대로 되지 않는다.

이성민은 창을 뽑으려는 아이네의 몸을 주저 없이 걷어찼다. 끔찍한 소리와 함께 아이네의 몸이 땅을 뒹굴었다.

"꺅!"

테레사가 비명을 질렀다.

그리 보기 좋은 광경은 아니지만 어쩔 수 없었다. 뒤를 힐긋 보니 흑룡협이 먼저 나서서 테레사의 두 눈을 가리고 있었다.

그 외 다른 이들은 이 상황을 이해하지 못하는 얼굴이었지만 이성민을 말리려 들지는 않았다. 이성민은 아이네의 몸을 관통한 창을 땅 깊이 박아 넣었다.

"가만히 좀 있어."

아이네가 금색 눈을 번뜩거리며 이를 갈았다. 그녀의 몸이 꿈틀거리더니 촉수가 튀어나왔다. 하지만 촉수가 덮치는 것보다 이성민이 아이네의 목줄을 틀어쥐는 것이 빨랐다.

아이네가 쉽사리 죽는 몸이 아니라는 것쯤은 알고 있으니 이성민의 손속에는 자비가 없었다.

우드득!

아이네의 목이 이성민의 손안에서 부러졌다. 아이네의 몸이 축 늘어진다. 하지만 오래지 않아 재생할 것이다.

"무슨 일이야?"

뒤늦게 오슬라가 나타났다.

오슬라를 따라온 요정들이 버둥거리는 아이네를 보며 두 눈을 동그랗게 떴다.

뭣 모르는 요정들이 새로운 손님을 반기기 위해 날개를 파닥거리며 아이네에게 다가가려 했지만, 오슬라가 손을 들어 요정들의 행동을 제지했다.

"안 돼."

오슬라는 요정들에게 경고하고서 직접 아이네를 향해 다가갔다. 그녀는 입술을 삐죽 내밀며 투덜거렸다.

"요정의 숲에 손님이 너무 많아졌어."

"죄송합니다."

이성민은 쓰게 웃으면서 오슬라를 향해 머리를 숙였다.

오슬라는 콧방귀를 뀌면서 가볍게 손을 휘둘렀다. 반짝이는 가루가 공중을 수놓았다. 그것은 천천히 아래로 떨어지며 아이네의 몸을 휘감았다.

발작하던 아이네의 몸이 천천히 멈추었다. 그녀는 믿을 수 없다는 표정으로 이성민과 오슬라를 번갈아 보았다. 곧 바들거리며 떨리던 아이네의 눈꺼풀이 아래로 내려갔다.

이성민은 잠든 아이네를 보며 놀란 표정을 지었다.

"뭐야 그 표정은?"

"어떻게 한 겁니까?"

"내가 날개가 제일 커서 요정의 여왕인 줄 알아? 그만한 권능이 있으니까 요정의 여왕인 거야. 이 숲에서 내가 하지 못하는 일은 거의 없어."

오슬라가 으스대며 가슴을 내밀었다.

이성민은 잠든 아이네의 몸에 박힌 창을 뽑았다.

아이네는 깨어나지 않았지만, 창에 꿰뚫렸던 상처는 모두가 보는 앞에서 빠르게 재생되었다. 이성민은 그 재생 속도를 보며 혀를 내둘렀다.

"그래서, 뭐야?"

오슬라가 답을 재촉했다.

이성민은 모인 사람들을 돌아보았다. 마탑에 가 있는 스칼렛과 마령정에 간 야나를 제외한 전원이 모여 있었다.

백소고, 흑룡협, 창왕, 테레사, 루비아, 로이드.

이 중에서 아이네와 직접 만났던 것은 루비아와 로이드뿐이다. 덕분에 둘은 놀란 표정으로 아이네를 보고 있었다.

이성민은 모두에게 아이네를 이곳에 데리고 온 이유에 관해 설명했다.

아이네가 죽으면 제니엘라가 날뛸 가능성이 크다. 그렇다고 검선의 시체를 포식해서 괴물이 된 아이네를 제니엘라의 통제 하에 둘 수는 없었다.

그래서 이곳으로 데리고 왔다. 요정의 숲은 그 막강한 힘을 가진 제니엘라로서도 쉽사리 도전할 수 없는 곳이다. 제미니를 통해 협상의 여지를 두었으니 어느 정도 제니엘라의 움직임을 의도할 수 있을 것이다.

"뱀파이어 퀸이 협상에 응할까?"

흑룡협이 미간을 찡그리며 중얼거렸다.

"아끼던 패를 빼앗겼으니 찾으러 올 수도 있겠지만…… 포기할 가능성도 크지."

"그렇게 되면 그때 죽이면 됩니다."

이성민은 무덤덤한 표정으로 대답했다.

결과는 바뀌지 않는다. 제니엘라가 아이네를 찾으려 들지 않고 날뛴다면, 그때 아이네를 죽이면 된다. 적어도 그것으로 아이네라는 위험을 완전히 배제할 수 있다.

"뱀파이어 퀸이 협상하려 든다면?"

창왕이 아이네를 내려 보면서 물었다.

"목적은 시간을 버는 겁니다. 제니엘라가 협상에 응한다면 시간은 벌 수 있겠죠."

"무당에서 요정의 숲까지 오는 시간? 퀸이 작정하고 오고자 한다면 한 달도 걸리지 않을 거야. 그 뒤에는? 찾아온 퀸에게 얌전히 저 계집을 돌려줄 생각이냐?"

"아니요. 이 숲에서 퀸을 기다릴 생각은 없습니다. 준비하고 퀸을 피해 도망 다닐 생각입니다."

그 말에 창왕이 히죽 웃었다.

"가능하다고 보나?"

"해봐야 알겠지만, 만약 싸우게 된다고 해도 어느 정도 상황을 만들 수 있을 겁니다."

"상황을 만들 수 있는 것은 퀸도 똑같아. 그 계집이 보름달이 뜨는 밤을 골라서 우리를 덮치면 어쩔 셈이냐."

"그런 일이 없기를 바라야죠."

이성민이 쓰게 웃으며 말했다.

허주가 악수일지도 모른다고 말했던 것은 이런 이유 때문이다. 아이네를 데리고 나온 이상 제니엘라는 무슨 수를 쓰든 간에 이성민을 찾으려 할 것이다.

"아니, 도망칠 필요는 없어."

가만히 입을 다물고 이야기를 듣고 있던 오슬라가 목소리를 냈다.

"이 숲에서 싸움을 벌인다면 나도 적극적으로 개입할 수 있어. 나는 퀸을 죽일 수 없지만…… 방해는 할 수 있지. 이 숲에서 싸운다면 보름달 아래에서도 어느 정도 승산을 가질 수는 있을 거야."

오슬라를 휘말리게 하고 싶지는 않았다. 이곳에서 싸우는 것이 어떨까도 생각했었지만, 여러 번 도움을 주었던 오슬라를 위험하게 하고 싶지 않았다. 사마련주가 좋아했던 숲을 망치고 싶지도 않았다.

"괜찮아."

이성민이 뭐라 말을 하기도 전에, 오슬라가 머리를 가로저었다.

"종언을 막기 위해서잖아. 말했지? 종언이 시작되고 전부 끝나 버리면, 나는 죽지도 못하는 꼴이 되어 끔찍한 일을 겪어야 해. 나도 그러고 싶지는 않아. 여기까지 온 이상 체면 차릴 이유가 없어."

"……알겠습니다."

"그래도 직접 싸우지는 않을 거야. 나는 싸움은 잘 못 한단 말이야."

이성민도 오슬라가 직접 나서서 싸우는 모습은 상상이 잘 되지 않았다.

[포섭할 생각은 없냐?]

허주가 넌지시 물었다. 그 말에 이성민은 조금도 망설이지 않고서 대답했다.

'없어.'

애초에 가능하지도 않을 것이다.

4장
강림

제미니는 웃지 않았다. 언제나 키득키득, 입가에 웃음을 매달고 지냈는데. 지금은 제미니로서도 웃을 수가 없었다.

그녀는 살짝 시선을 아래로 내리면서 시무룩하니 입술을 내밀었다. 그러곤 앞으로 깍지 낀 손가락을 서로 문지르며 앞으로 있을 일에 대한 불안을 노골적으로 내비쳤다.

그런 제미니의 표정은 오히려 나았다. 첸과 쿤은 창백하게 질린 얼굴로 바들거리며 몸을 떨었다.

바위 위에 앉은 제니엘라는 아무런 말도 하지 않았다.

그녀가 만들어낸 보름달은 아직 저물지 않았다. 머리 위에 뜬 자그마한 보름달 아래에서 제니엘라는 무표정한 얼굴로 자신의 혈족들을 보고 있었다.

그녀의 곁에는 목이 부러진 검선의 시체가 굳어 있었다.

누구 하나 입을 열지 않았다. 그 차가운 침묵 속에서 프레스칸만이 동떨어져 있었다. 프레스칸은 제니엘라의 신경이 거슬리지 않는 곳에서 주저앉아 소리 죽여 오열하고 있었다.

그는 제니엘라가 시끄럽다고 화를 낼까 봐 마음 편히 울지도 못했다. 그것이 프레스칸을 더욱 서럽게 만들었다. 사랑하는, 하나밖에 없는 딸을 눈앞에서 잃었는데 마음 편히 울지도 못하다니.

"……죄…… 죄송……."

끝나지 않을 것 같은 침묵이 깨졌다. 어쩔 줄 몰라 하던 쿤이 머뭇거리며 입을 연 것이다. 쿤으로서는 두려움에 미칠 것 같아 용기를 낸 것이었다.

쿤의 말이 끝나기도 전에.

퍼억!

붉은 마력이 채찍처럼 튀어나가 쿤의 머리를 부수었다.

"일어서."

휘청거리며 무너진 쿤의 몸을 보지 않으며, 제니엘라가 내뱉었다. 박살 난 머리를 재생시킨 쿤이 비틀거리며 몸을 일으켰다.

보름달의 마력을 받는 것은 제니엘라뿐만이 아니다. 제니엘라는 일어선 쿤을 보며 크게 한숨을 내쉬었다.

"죽일까 말까 고민했어."

제니엘라는 그렇게 중얼거리며 손등으로 턱을 괴었다.

"그래도, 응. 이런 일로 발끈해서 죽이기에는 아깝잖아. 첸, 쿤. 나는 너희들을 굉장히 아껴. 너희를 처음 혈족으로 삼았을 때가 아직도 생생히 기억나. 고작 이런 일로, 아니, 고작이라고 할 것은 아니지만. 어쨌든, 화풀이로 너희를 죽이기에는 너희와 함께한 수백 년이 너무 무거워."

"가…… 감사합……."

"그래도 화는 나네."

제니엘라가 피식거리며 웃었다. 그 말에 첸과 쿤의 몸이 바들거리며 떨렸다.

그들은 제니엘라의 세 번째, 네 번째 혈족이었고 제니엘라에게 완벽하게 복종하고 있었다. 그렇기에 지금 상황에서 몸을 떨 수밖에 없었다.

제니엘라는 첸과 쿤에게 아이네를 지키라고 명령했었다. 하지만 첸과 쿤은 그 명령을 수행하지 못했다.

"화는 나. 어쩔 수 없는 거야. 너희가 내 명령을 수행하지 못한 것이 어쩔 수 없는 것처럼. 내가 화가 나는 것도 어쩔 수 없는 것이지. 너희를 굉장히 신뢰하고 있었으니까, 더 그래."

첸과 쿤은 대답하지 않았다. 제니엘라는 입을 다문 둘을 바라보며 쯧 하고 혀를 찼다.

제니엘라의 눈이 제미니를 향했다.

"제미니."

"응, 퀸."

"너도 어쩔 수 없었던 거야?"

"나는 퀸에게 거짓말을 하지 않아."

"하지만 장난은 치잖아."

"장난일 뿐이야. 나도 어쩔 수 없었어. 퀸은 나를 못 믿어?"

"믿어, 제미니. 나의 사랑스러운 동생. 네가 나를 은근히 죽이고 싶어 하는 것은 잘 알지만, 나는 너를 사랑해. 네가 나를 죽이고 싶어 하면서도 나를 사랑하는 것을 아니까."

제니엘라가 피식 웃으며 말했다. 그 말에 제미니의 입꼬리가 씰룩거리며 올라갔다.

"네가 나를 증오하는 것은 당연한 것이지. 처음에, 네게 동의도 구하지 않고서 송곳니를 박아 넣었고, 강제로 내 혈족으로 삼았으니까."

"퀸이 나를 사랑해서 그런 것은 나도 잘 알아."

"맞아, 나는 너를 사랑해서 그랬어. 뱀파이어가 된 너를 완벽하게 소유하고 싶었지. 너도 마찬가지잖아? 나를 사랑하니까, 나를 직접 죽이려 들지 않잖아."

제니엘라가 웃으며 묻는 말에 제미니는 대답하지 않았다. 제미니는 웃음으로 빙글 휘어진 눈을 한 채 제니엘라를 응시했다.

"그러니까 애증인 거지. 나도 너를 사랑하니까, 네가 벌이는 장난을 이해할 수 있어. 네가 묵섬광 백소고를 귀창에게 보내준 것도. 귀창에게 나에 대해 떠드는 것도."

"내가 떠드는 것들이 퀸에게 위협이 되지 않으니까."

"맞아."

제니엘라는 그 말을 부정하지 않았다.

"백소고를 넘겨준다고 해서 나한테 위협이 되지는 않아. 귀창이 내 마안에 대해 알게 되었다고 해도 뭔가 변하는 것은 아니지. 그건 알아봤자 어찌할 수 없는 것들이잖아. 하지만 제미니, 이번에는 달라. 아이네를 빼앗겨서는 안 되었어."

"……어쩔 수 없었다고 했잖아. 나도 넘겨줄 생각은 없었어. 귀창이 설마 그렇게 나올 것이라고 생각하지 못했다고."

"응, 믿어. 나는 너를 사랑하니까."

툭.

제니엘라는 바위 위에서 내려왔다.

그녀는 널브러진 검선의 시체를 힐긋 보았다.

"아깝게 되었네. 좋은 걸 먹여주고 싶었는데."

"챙겨둘까?"

"아니."

제니엘라는 검선의 시체를 향해 손을 뻗었다. 검선의 시체가 빠득거리는 소리를 내며 미라처럼 말라 갔다.

붉은 안개가 검선의 모공에서 흘러나왔다. 제니엘라는 손안에 모인 붉은 안개를 입을 벌려 삼켰다.

"협상이라고 했지?"

검선의 피를 남김없이 마신 제니엘라는 제미니를 힐긋 보면서 물었다.

"응. 그렇게 말했어."

"아이네를 죽일 생각은 없는 모양이네."

"어쩔 거야? 찾으러 갈 거야? 아니면 버릴 거야?"

"버리기에는 너무 공을 들였지. 협상…… 협상이라."

제니엘라는 그 단어를 되뇌며 키득거리며 웃었다.

"요정의 숲에 있겠지?"

"어쩌면 도망쳤을지도 모르지."

"판을 깔고 나와 싸우고 싶다면 요정의 숲을 포기할 리가 없어."

"정말로 협상하고 싶은 걸지도 모르잖아?"

"그럴지도 모르겠지만, 내가 거절할래."

화가 많이 났다.

제미니는 그것을 느끼고 있었다. 웃으면서 말하고 있지만, 제니엘라의 속내는 조금도 웃고 있지 않다.

제미니는 이성민을 떠올리며 작게 혀를 찼다. 그래도, 조금은 기대해서 많은 것을 알려주고 챙겨주었는데. 설마 이런 식으로 제니엘라의 역린을 건드릴 줄은 몰랐다.

"너무 많이 봐준 모양이야."

제니엘라는 그렇게 말하며 몸을 돌렸다. 그녀는 말없이 산 아래로 걷기 시작했다.

제미니가 제니엘라의 뒤를 따랐고, 첸과 쿤이 머뭇거리면서 움직였다. 오열하던 프레스칸도 슬며시 몸을 일으켰다.

"주원을 만나러 가자."

제니엘라가 말했다.

"그리고 요정의 숲을 짓밟아야겠어."

[요정의 여왕의 조력을 받을 수 있다면 이용하는 편이 당연히 좋아. 뱀파이어 퀸은 지금의 너로 어쩔 수 없을 정도의 괴물이니까.]

그것은 이성민도 잘 알았다. 아이네를 납치함으로써 시간을 벌기는 했지만, 문제는 그 시간 안에 제니엘라와 맞설 수 있는 전력을 갖추는 것에 있다.

단순하게 생각했을 때. 주원을 창왕이, 네로를 흑룡협이, 첸을 백소고가, 쿤을 야나가. 그 외 리치와 흑마법사들을 로이드와 스칼렛이 감당한다. 언데드라면 테레사의 신성력으로 대응할 수가 있다.

그렇게 되면, 이성민 혼자서 제니엘라와 맞서야 한다.

승산은 희박했다. 오슬라의 지원을 받는다고 해도 만월 아래의 제니엘라와 싸워 이길 자신이 없다. 게다가 이렇게 예측한 것보다 제니엘라가 데리고 올 전력이 많을 가능성도 있다. 네로만큼 강하다는 웨어베어인 브록이라는 놈도 있다고 하지 않았나.

[걱정이 많군. 왜, 인제 와서 후회하는 것이냐?]

'조금은.'

이성민은 씁쓸한 미소를 지으며 말했다.

위지호연이 철인이 아닌 것처럼, 이성민도 철인이 아니다. 아무리 포장해 봐야 절대적인 운명을 피하기 위해 발버둥 치는 한낱 인간일 뿐이다.

사마련주나 허주처럼 세계가 나서서 견제할 정도의 힘을 갖추지도 못했다. 스스로 이룩한 것은 거의 없다. 대부분을 누군가에게 받았다. 노력이 부족하다고는 생각하지 않지만, 특출하다고 할 정도인지도 모르겠다.

'왜 나일까.'

이성민은 하늘을 올려다보았다.

'누구여도 좋았다…… 라고 했었어. 나는 결국, 우연히 이곳에 있게 된 거야. 아니, 마냥 우연은 아니지. 어느 정도의 조건에 내가 맞았고, 재수가 없어서 이곳에 있는 거야…… 결국 이

꼴이지. 내가 감당하기에는 너무 커.'

[푸념이냐?]

허주가 킥킥거리며 웃었다. 이성민은 머리를 끄덕거렸다.

'그러고 싶을 때도 있는 법이야. 너 외에는…… 마땅히 푸념할 상대도 없어.'

그건 사실이었다. 너무 많은 것이 이성민의 어깨 위에 올라갔다.

운명에 절망한 백소고에게 했던 말. 공간에 갇혀 자조하던 위지호연에게 했던 말. 나를 믿으라던, 그런 말들.

그렇게 말한 주제에 이성민은 자기 자신을 도저히 믿을 수가 없었다. 무조건, 반드시 해낼 것이라는 확신을 본인부터가 가지고 있지 않았다.

[너는 잘해왔다.]

허주가 말했다.

[너 같은 녀석치고는 너무나도 잘해왔어. 운명의 가호가 있었다고 해도 네가 겪은 상실감이나 고통은 진짜였다. 네가 해온 수행도 의미는 있었다. 너와 엮인 인연들도 마찬가지였다. 그래서 지금의 네가 있는 것이다.]

처음 만났을 때가 생각나는군. 허주가 킬킬 웃었다.

[그때의 너는 감정적으로도 불완전했지. 조금 정신이 맞이가 있었어.]

'정신세계에서 막 나왔을 때니까.'

[몸뚱이도 비정상이었지. 언제 터질지 모르는 폭탄과 같았다. 감정적으로 불완전하니 더욱 그랬어. 하지만 너는 꽤, 이성적으로…… 무너지지 않고서 버텨왔다. 네가 겪은 만남과 사건은 네 정신을 안정시켰지.]

'꼭 그렇지만도 않아.'

[이별은 어쩔 수 없는 것이었다. 슬퍼하지 말란 말은 안 하겠다만, 언제까지고 슬픔에 취할 수도 없지. 이 어르신이 하고 싶은 말은, 그 모든 것이 있었기에 지금의 네가 있다는 것이다. 너는 의미 없는 존재가 아니야.]

실패가 두렵나? 허주가 물었다.

'당연히 두려워. 내가 실패하면……'

[끝이겠지. 위지호연이라는 변수가 있기는 하다만, 흠…… 잘 모르겠군. 그리고, 네게 있어서 실패는 죽음이다. 네가 죽어도 세상은 멸망하지 않을지도 모르겠지만, 적어도 너의 세상은 끝이 난다. 그게 두렵나?]

'두렵지.'

[그럼 도망칠 테냐?]

'어디로 도망치란 거냐?'

[글쎄다. 적어도 지금, 종언을 막겠다는 허튼짓을 그만두고 도망치는 것 정도는 할 수 있겠지. 세상이 언제 망할지 모른다

고는 해도 당장은 망하지 않는다. 우선 향락을 즐기는 것이 어때냐? 도망쳐서, 어디 화려한 도시에 기어들어 가 온갖 유흥을 즐기는 것이지. 술도 마시고 여자도 안고, 돈은 많으니까 여태까지 못 해본 것들을 한 번에 몰아서 하는 거다.]

'그럴 수가 없어.'

[그렇겠지. 너는 종언을 막아야 하니까. 너보다 먼저 죽은 이들에 대한 책임감 때문이라도 도망칠 수가 없어. 너는 그런 놈이다. 어떨 때 보면 이기적이면서도 이럴 때는 이기적인 면을 찾아볼 수가 없어. 너는 꽤 좋은 놈이다.]

그 말에 이성민은 피식 웃었다.

[실패하면 어쩔 수 없는 거지. 죽어서 어디로 갈지는 모르겠지만, 그래도 뭐 나쁜 곳으로 가지는 않을 게다. 애초에 내세라는 것이 있는지도 모르겠고.]

'죽고 싶지 않은데.'

[어쩌라는 거냐? 도망치기도 싫으면서. 그럼 죽지 않도록 발버둥 치는 수밖에 없다. 너무 걱정하지 마라. 네가 죽을 때에는 이 어르신도 같이 있을 테니까.]

같이 죽어주지는 않겠지만. 허주가 껄껄거리며 웃었다.

"무슨 생각해?"

백소고가 말을 걸었다. 이성민은 숙이고 있던 머리를 들어 백소고를 보았다.

백소고는 조금 걱정스러운 얼굴로 이성민을 보며 물었다.

"어디 몸이라도 안 좋은 거야?"

"아니…… 괜찮습니다."

"너무 긴장한 것 아냐?"

근처에 앉아 심각한 표정으로 장갑을 체크하던 스칼렛이 눈을 들었다.

"아니면 걱정돼? 여기서 벌어지는 일이, 다른 공간에 있는 소천마에게 위협이 될까 봐?"

"그건 아닙니다."

"그래야지. 이미 몇 번이나 확인이 끝났으니까. 이곳의 공간 좌표를 아무리 파헤쳐 보고 탐색해 봐도, 다른 공간과 연결점을 찾을 수가 없었어. 애초에 네가 여기서 소천마를 만났던 것이 사실인지도 모르겠다고."

"거짓말을 할 이유는 없잖습니까."

"그건 그렇지. 어쨌든, 이곳에서 벌어지는 일이 소천마에게 전해질 일은 없어. 그것에 대해서는 나와 로이드 님이 직접 확인을 끝냈으니까."

스칼렛이 확신에 찬 어조로 말했다. 그것보다, 스칼렛은 두 눈을 찡그리며 하늘을 올려 보았다.

"정령의 여왕은 언제 나타나는 거야?"

그들은 잠자는 숲에 와 있었다.

그리에스는 사건을 포착한다.

그리에스의 소유자는 직접 보지 않고, 그 현장에 없더라도. 그리에스를 통해서 세상에 무슨 일이 벌어졌는지, 벌어지고 있는지를 알 수가 있다.

단, 충분한 수명을 바쳤을 때.

아벨이 그러했듯이, 로이드 역시 수명에 그리 큰 미련을 가지고 있지는 않았다.

금색 마탑주인 로이드의 근간을 이루는 마법은 엔비루스에게 터득한 것이었다. 하지만 정작 지금의 로이드는 스승인 엔비루스와 비교도 할 수 없을 정도로 짧은 시간을 보낸 아벨에게 많은 영향을 받아 있었다.

아벨 다음으로 그리에스의 주인이 된 로이드는, 그리에스를 손에 넣은 후로 쭉 수명을 써가면서 그리에스의 마법을 사용하고 있었다.

"늦어도 내일 밤일 걸세."

로이드가 입을 열었다.

그는 무릎 위에 올려놓은 그리에스를 손끝으로 어루만졌다. 그리에스가 웅웅거리며 빛을 발했다.

"내일 밤이면 정령의 여왕이 이 숲에 강림하게 돼."

"그래도 다행이야. 강림한 순간을 노릴 수 있으니까."

스칼렛이 장갑을 내려다보면서 중얼거렸다.

그 말대로였다. 루비아가 말하기를 정령왕이나 그들보다 위에 있는 여왕은 강림한 직후가 가장 약하다고 했다.

아무리 그들이 강력한 존재라고 해도, 정령을 다스리는 군주의 강함은 휘하 정령들이 모이는 것으로 결정된다. 강림한 직후라면 다스리는 정령들의 수가 거의 없어서 만전의 힘을 낼 수가 없다.

"만전의 상태인 것이 더 재미있을 것 같은데."

"개소리 좀 하지 마시오."

창왕이 투덜거리자 흑룡협이 듣기 싫다는 표정을 지으며 윽박을 질렀다. 그러자 창왕이 두 눈을 부라리며 흑룡협을 향해 고함을 질렀다.

"살면서 언제 정령의 여왕이라는 존재와 싸워보겠느냐?"

"차라리 뒈져서 염라대왕과 싸우는 것은 어떻소?"

"언젠가 죽으면 염라와도 싸울 수 있겠지. 하지만 아직 살아 있으니, 정령의 여왕과도 싸워봐야겠다."

물론, 이성민은 창왕의 억지를 들어줄 생각은 없었다. 이성민뿐만이 아니라 모두가 그랬다.

이성민은 야나가 아직 돌아오지 않은 것에 조금 아쉬움을 느꼈다. 야나의 힘이라면 정령의 여왕과의 싸움에서 큰 도움이 될 텐데, 아직 야나는 마령정에서 돌아오지 않았다.

[어쩔 수 없지.]

허주가 중얼거렸다.

야나가 떠나고서 열흘이 지났다. 마령정에서의 의식이 끝나면 팔찌를 통해 신호를 받고, 어르무리에 가 야나를 데리고 오기로 하였는데, 열흘이 지났음에도 아직 팔찌는 신호를 보내지 않는다.

사실 야나가 예정보다 늦는 것은 아니었다. 애초에 그녀는 마령정에서의 일이 끝나고 돌아오는 것에 보름 정도 걸릴 것이라 말했었다. 상황이 달라졌을 뿐이다. 그게 전부다.

정령의 여왕이 강림할 날이 되었다. 야나는 의식 때문에 아직 마령정에서 돌아오지 않았다. 그리고 제니엘라를 필두로 한 프레데터의 무리들은 그 행적이 묘연했다.

그것은 오히려 이성민에게 있어서 안심이었다. 행방이 잡히지 않는다는 것은, 아이네를 빼앗긴 제니엘라가 대외적으로 날뛰지 않는다는 것. 이성민이 바랐던 대로 어떻게든 시간을 버는 것에는 성공했다.

[숲을 신경 쓰지 않아도 되겠느냐?]

'테레사 님과 오슬라 님을 믿는 수밖에.'

요정의 숲에는 테레사와 아이네가 남아 있다.

아이네는 눈만 뜨면 발작하고 미쳐 날뛰어서, 오슬라가 항상 자신의 능력으로 제압해 두어야만 했다.

테레사는 자발적으로 숲에 남았다. 요정의 숲이 제니엘라와 격돌할 전장으로 삼아졌음을 알게 되자, 테레사는 며칠 동안 숲의 외곽을 떠돌며 결계를 만들고 있었다.

"역소환은 안 돼."

로이드가 경고했다.

"정령의 여왕을 정령계로 역소환하는 것은 시간 끌기밖에 안 돼. 여왕이 이 세상을 멸망시키려 하는 한, 그녀는 다음에 또 세상에 강림하여 종언을 불러오려 할 걸세."

정령계로 역소환되는 것은 여왕에게 페널티라고 할 수가 없다. 오히려 다음 강림에서, 여왕은 더욱 만반의 준비를 갖추고 올 것이다.

사실 지금이 처음이자 마지막 기회였다. 위지호연이 단신으로 정령계를 침략하고, 여왕은 급하게 무리하여 강림을 시도했다. 덕분에 애초에 여왕이 바랐던 대로 완전한 강림은 이루어지지 않았다. 휘하 정령들은 데리고 오지 못했고, 정령왕들은 불꽃의 정령왕이 소멸하고 나머지는 역소환되었다.

"정령왕들의 능력으로는 이 세상에 직접 강림할 수가 없어요. 여왕님이 사라진다면…… 정령계의 위험은 없을 거예요."

이성민의 품 안에 깃든 루비아가 웅웅거리며 소리를 내었다. 문제는 방법이다.

역소환이 아니라 소멸시키는 방법.

이성민이 가장 먼저 떠올릴 수 있는 것은 포식이었다. 아이네가 불꽃의 정령왕을 통째로 잡아먹은 것처럼, 이성민도 정령의 여왕을 포식하는 것.

"그건 너무 위험해."

스칼렛이 경고했다.

"그 미친 꼬맹이와 너는 육체의 구성법부터가 달라. 애초에 그 꼬맹이의 몸뚱이는 몸뚱이라 할 수도 없는 것이라고."

스칼렛과 로이드가 쓰러진 아이네를 탐구한 결과였다.

"정령의 여왕 정도 되는 존재를 포식했다가는 네 몸이 터져 버릴걸. 그런 스펙타클한 자살을 하고 싶다면 말리지는 않을게."

어디까지나 방법의 하나로 떠올렸을 뿐이다. 이성민은 옆에 둔 창을 어루만졌다.

그 외에도 시험해 보고 싶은 것은 있다. 구천무극창 마지막 초식인 무극. 혈마와의 싸움에서 승패를 가름 지었던 기술. 강력한 뱀파이어였던 혈마조차 무극의 상처를 재생시키지 못했다. 상처가 재생되지 않는 것에는 혈마도 놀랐던 눈치였다.

'나도 그렇지만, 정령의 여왕은 초월자야.'

이곳에 오기 전에, 오슬라가 했던 말을 떠올린다.

'초월자를 물리적으로 죽이는 것은…… 불가능해. 애초부터 우리는 초월자가 되면서 완전에 가까운 불사력을 얻거든.'

정령의 여왕 강림을 앞두었을 때, 오슬라는 잠자는 숲으로 향하는 모두에게 씁쓸한 표정을 지으며 이런 말을 해주었다.

'너희의 공격은 초월자의 육체를 부수는 것은 가능해도 존재를 죽이는 것은 불가능해. 그래서 우리는 끝없이 부활하지. 특히 사라헨느. 그녀는 초월자이면서도 정령의 여왕이야. 모든 정령은 그 존재의 근간이 정령계와 연결되어 있지. 최악의 경우에, 사라헨느는 정령계로 도망칠 수도 있어.'

하지만 절대적인 불사는 없어.

'우리의 불사는 완전에 가깝지만, 완전은 아니야. 거듭된 부활은 우리의 힘을 소모시켜. 그리고 존재 자체가 사라진다면 우리로서도 부활하는 것은 불가능해. 그 외에는…… 봉인이라는 방법도 있지. 충분히 약해진 상태에서 봉인 당한다면 초월자라고 해도 꼼짝없이 봉인될 수밖에 없어.'

여러 가지 방법을 준비했다.

일행에는 로이드와 스칼렛이 있다. 둘은 계통은 달라도 마법이라는 분야에서 정점에 가까웠다. 그리고 이성민의 판단이나 세간의 소문을 통해 판단했을 때에도 현역으로 활동하는 마법사 중에서는 가장 뛰어난 실력을 가진 인물들이었다. 그 둘의 보조를 받는 이상 마법에서 부족함을 느낄 일은 없었다. 충분히 약해진 상태를 만드는 것이 전제 조건이라고는 해도.

이것이 지금 이성민이 준비할 수 있는 최선이었다.

스칼렛과 로이드로 이루어진 마법 전력. 둘은 원거리 마법을 중심으로 하여 상황이 허락한다면 정령의 여왕을 봉인할 것이다.

사실 봉인도 아주 안전한 방법은 아니었지만, 정령계로 역소환하는 것보다는 이 세상에 묶어두어 봉인하는 편이 낫다.

그리고 이성민 본인과 흑룡협, 창왕, 백소고. 이렇게 넷은 정령의 여왕과 직접 몸을 부딪쳐 가며 싸울 것이다. 공격이 너무 과해 역소환하면 안 된다. 어디까지나 목적은 봉인이었고, 만약 가능하다면 소멸을 노린다.

'무극이라면 가능할지도 몰라.'

혈마는 무극의 상처를 재생하지 못했다. 그 무극의 창끝은 정령의 여왕에게도 통할지도 모른다.

순간이나마 사마련주의 수법을 재현하는 것에 성공한 창왕의 창도, 어쩌면 정령의 여왕을 마무리 짓는 것에 힘을 더할지도 모른다.

'모른다.'

그래. 이성민은 어떤 결과가 만들어질지 모른다. 확신이라고는 하나도 없다. 할 수 있는 최대한의 준비를 했다지만 반드시 그렇게 될 것이라는 확신이 없다.

어쩌면 노림수가 하나도 먹히지 않고서 처참하게 패배할지도 모른다. 그 뒤에는? 아마, 죽겠지. 죽지 않고 도망치는 것에 성공한다고 해도…… 솔직히 모르겠다.

이만한 준비를 갖추고서 강림 직후의 여왕을 공격했는데도 실패한다면, 시간이 지날수록 힘이 강해지는 여왕을 상대로 승리하는 것은 불가능하다.

불안 속에서 이성민은 눈을 감았다. 떨리는 가슴을 진정시키고 할 수 있다는 생각을 되뇌었다.

아니, '할 수 있다'만으로는 부족했다. 무조건 해야만 했다. 여기서 정령의 여왕을 끊어두지 않는다면 이야기가 진행되지 않는다.

여기서 패배한다면 세상은 종언이다. 정령의 여왕이나, 제니엘라가 세상을 완전히 박살 내버릴 것이다.

무신…… 무신은 무엇을 하고 있을까. 무신을 장기 말로 사용하는 신령은 대체 무엇을 노리는 것일까. 마령은 믿어도 되는 것인가? 하는 불확실한 의문들.

내가 하고 있는 이 발악이 의미가 있는가, 그런 초조함. 가늠할 수 없다는 것에 대한 공포.

그래도 도망칠 수는 없다.

지금 위지호연은 무엇을 하고 있을까. 이 숲, 이 공간에 걸쳐진 다른 공간. 이쪽에서는 절대로 들어갈 수 없는 그 공간 속에서, 위지호연은 홀로 싸우고 있다.

이 숲에 봉인되어 있는 괴물들을 죽여가면서, 그 가장 깊은 곳에 웅크리고 있는 '탐'이라는 괴물이 깨어나기 전까지 청소를 하고 있다.

위지호연이 그 공간에 고립된 지 열흘이 지났다. 그 후로 몇 번이나 이 숲에 왔었지만, 위지호연과 만나지는 못했다.

스칼렛과 로이드의 도움을 받아 그녀의 위치를 탐색하고, 이쪽에서 간섭할 방법을 찾으려 했지만, 그것조차 불가능했다.

위지호연을 믿는다. 죽었을 리가 없다. 아직 살아서, 할 수 있는 발악을 하고 있겠지.

철인이 아닌 위지호연의 처진 어깨를 떠올린다. 해야 하는데, 하지 못했다며 중얼거리던 목소리의 떨림도.

표정을 보이지 않으려 뒤를 돌았을 때, 위지호연은 무엇을 보고 있었을까. 이쪽에서 볼 수 없던 짙은 어둠 속에서 무엇이 꿈틀거리고 있었을까. 무수히 많은 괴물, 숲에 들어왔을 때 느꼈던 시선…….

그때. 등을 돌려 표정을 보여주지 않던 위지호연은 어떤 표정을 짓고 있었을까. 그녀는 대체 무슨 기분이었을까. 10년 동안 혼자 떠돌고 혼자 종언을 막아온 그녀는 대체.

'너를 위해서'라고 했다.'

이성민은 가슴을 손으로 눌렀다. 그것뿐이었다. 위지호연은 이성민을 위해서 이런 행동을 했다.

믿어 달라고 말했다.

너 대신, 할 수 있다고.

"예상보다 빠르군."

로이드가 중얼거렸다.

여명이 밝아오고 있었다. 이성민은 조용히 몸을 일으켰다.

로이드는 그리에스를 한 손에 쥐고서 몸을 공중에 띄워 뒤로 쭉 물러섰다. 스칼렛도 장갑을 끼며 목을 좌우로 꺾었다.

눈을 감고 있던 이성민의 곁을 지키던 백소고는, 씁쓸한 표정을 지으며 이성민의 어깨를 보았다. 손을 뻗어 두드려 주고 싶었다. 아니, 끌어안아 주고 싶었다. 하지만 그러지 못했다.

'왜…… 일까.'

그래서는 안 된다는 기분이 들었다.

이러한 상황이 그리 마음에 들지는 않았지만, 창왕은 더 이상 고집을 부리지 않았다. 아무리 그가 막무가내라고 해도 이런 상황은 이해할 줄 알았다. 물론, 기왕이면 당당하게 싸우고 싶은 마음이 없는 것은 아니었으나 그래도 가장 중요한 것이 무엇인지는 파악하고 있었다.

"괜히 지랄하지 마십시오."

"안 해 개자식아."

흑룡협은 그런 창왕을 곁눈질로 보면서 경고했고, 창왕이 미간을 찡그리며 윽박질렀다.

"이거…… 참……. 힘내라고 하기도 그렇고……."

루비아가 한숨을 쉬며 중얼거렸다. 스칼렛의 사역마가 되고서 정령의 여왕을 완전히 배신하기는 했지만, 여왕은 루비아의 창조주였다. 그렇기에 루비아는 차마 이성민과 동료들을 응원할 수가 없었다.

"그냥 가만히 계시면 됩니다."

이성민은 그렇게 중얼거리면서 하늘을 올려 보았다.

[왔군.]

빠지직.

여명이 밝아오는 하늘에 새카만 균열이 번졌다. 쩌적거리며 갈라진 균열의 틈 사이가 벌어졌다.

틈 사이에서 환한 빛이 흘러나왔다. 순간 빛이 확 하고 부풀었다. 번쩍하고 터진 빛이 한 점으로 모였다.

정령의 여왕은 우두커니 서서 아래를 내려다보았다. 무리한 강림으로 인한 여파는 아니었다. 크게 피로한 것도 아니었다. 공간과 공간의 틈, 그 복잡한 미로를 돌파해 간신히 입구를 찾아 나오기는 했지만, 여왕이 느끼는 것은 그로 인한 피로보다는 쓸데없는 짓에 힘을 쏟았다는 것에 대한 짜증이었다.

"……너희는 뭐냐?"

여왕이 질문했다.

이성민은 대답하지 않고서 행동했다.

선수 필승이라는 말을 무조건 믿지는 않았다. 그냥, 여왕과 딱히 나누고 싶은 말이 없었다.

강림한 직후의 여왕은 무방비했고, 짜증과 불쾌를 담아 던진 질문에 대답을 해주고 싶은 마음도 없었다.

그리고 이성민은 빨랐다. 여왕이 선 높이까지의 거리. 그 거리가 순식간에 좁혀졌다. 여왕의 눈썹이 꿈틀거렸다. 그녀가 어떠한 행동을 하기도 전에 이성민이 찌른 창이 여왕에게 쇄도했다.

쩌어엉!

공간을 찢고 들어온 창두가 보이지 않는 벽과 격돌했다.

이성민은 창을 찌른 손에서 강력한 저항감을 느꼈다. 여왕 앞을 가로막고 있는 보이지 않는 벽이 출렁거렸다.

여왕은 가까이 있는 이성민의 얼굴을 들여 보았다. 그녀의 눈동자가 파르르 떨렸다.

"아."

누군지 알았다. 이성민을 알아본 여왕의 얼굴이 환해졌다. 조금 전까지 그녀의 감정을 장악하고 있던 짜증이 사라졌다.

이성민의 안에서 루비아가 경직된 몸을 웅크렸다. 여왕은 그런 루비아의 존재마저도 간파했다.

파앙!

이성민과 여왕 사이의 공간이 터졌다. 이성민은 창을 크게 휘두르며 뒤로 물러섰다.

"루비아."

여왕의 목소리가 높아졌다.

"나의 피조물. 내 손으로 만들어낸 인공정령. 네가 왜 그곳에 있는 것이냐? 네 가엾은 주인도 지키지 못하였으면서, 도대체 무슨 낯짝으로 내 앞에 있는 것이냐?"

[히익……!]

여왕이 외치는 말에 루비아가 더욱 몸을 떨었다. 그 뒤에 여왕은 길쭉한 검지를 들어 이성민을 가리켰다.

"너."

여왕의 목소리에는 환희가 담겨 있었다.

"너로구나. 그래, 너만 없었더라면. 네가 그이에게 맹세를 강요하지 않았더라면……."

여왕의 목소리가 기괴하게 비틀렸다. 그녀는 입술을 달싹거리면서 알아들을 수 없는 말을 쉼 없이 떠들어댔다.

목소리는 점점 높아졌고 여왕의 눈은 예리하게 변했다. 이성민은 그 말을 이해할 수 없었지만, 말을 쏟아내는 여왕의 목소리와 살기 가득한 눈을 통해 의미를 대충 짐작할 수 있었다.

[이건…… 오랜…… 정령의 언어예요.]

루비아가 몸을 떨며 중얼거렸다.

루비아는 자신이 알아들은 말들을 차마 이성민에게 전하지 못했다. 정령의 언어로 떠들어대는 여왕의 광기 어린 저주를 올곧이 번역할 자신이 없었기 때문이다.

이성민은 여왕이 처음에 했던 말에 눈살을 찡그렸다. 너만 없었더라면. 그래, 따지고 보면 완전히 틀린 말은 아니다.

엔비루스가 그런 몰골로 추락한 것은 이성민과 만났기 때문이다. 어르무리에서 이성민은 엔비루스에게 드래곤 하트를 다루어줄 것을 부탁하였고, 엔비루스는 그 부탁을 듣고 마나에 걸고 맹세까지 했다.

이성민이 잘못한 일은 없었다. 그는 엔비루스를 도와 최선을 다했다. 어르무리의 결계에 침입했고, 프레스칸을 패퇴시켰으며, 아이네와 싸움을 벌였다.

오히려 잘못한 것은 엔비루스였다.

이해하지 못할 일은 아니었다. 엔비루스의 입장에서 본다면 이성민은 너무나도 위험한 존재였다.

당시의 엔비루스는 자신의 목숨과 교환하여 이성민을 죽일 생각이었다. 실패했을 뿐이다.

그 결과 이성민은 살아남았고, 엔비루스는 마나의 맹세를 어긴 대가로 죽음의 위기를 맞았다. 그때 정령의 여왕이 강림하여 개입하지 않았더라면, 엔비루스의 육체는 마나의 폭주로 인해 완전히 붕괴했을 것이다.

"너만."

정령의 언어로 저주를 쏟아내던 여왕이, 핏발 선 눈을 희번덕거리며 내뱉었다.

"없었다면."

솔직히 좀 많이 억울했다.

생각해 보면 이성민이 잘못한 일은 아무것도 없었다. 엔비루스가 멋대로 판단했고, 멋대로 배신했다. 그렇게 대가를 받았다.

그 후의 일에도 이성민이 직접 관여한 일은 없다. 오히려 엔비루스가 일을 망치지 않았나. 아벨이 남은 수명을 깡그리 긁어다 펼친 차원 연결 마법은 엔비루스로 인해 망쳐졌다.

엔비루스를 죽인 당사자도 이성민이 아니었다. 그런데도 여왕은 무조건 이성민을 탓하고 있었다.

'이해하지 못할 것은 아니지만.'

이성민은 그렇게 생각하며 슬며시 발을 아래로 뺐다.

[지금.]

이라는 신호 때문이었다.

그것은, 폭발이면서도 이전까지 보았던 폭발과는 그 형태가 달랐다. 고온의 불꽃이 터지는 것도, 빛이 터지는 것도 아니었다.

정령의 여왕이 위치하고 있던 공간이 한 점으로 응축되더니 그대로 터졌다.

예고 없이 터진 폭발이 여왕의 몸을 산산 조각내었다. 그녀는 피나 내장은 쏟지 않았지만, 충분히 놀란 표정이었다.

마법으로 만들어낸 폭발은 한 번 터지는 것으로 끝이 아니었다. 불꽃이 산소를 삼키듯이 이번 폭발은 공간에서 공간으로 전염된다.

아래에 선 로이드는 양손 검지와 엄지로 직사각형을 만들고 있었다. 그가 만든 사각형 안에 정령의 여왕이 잡혀 있었다.

"터져라, 터져라, 터져라."

로이드가 입술을 달싹거리며 내뱉었다. 공간이 계속해서 삼켜지고, 응축되고, 터졌다. 소리 없는 폭발은 여왕의 몸을 계속해서 삼켰다. 여왕의 몸이 추하게 비틀렸다. 끊어진 팔다리가 부풀어 터지고 사라졌다.

하지만 여왕은 죽지 않는다. 초월자인 그녀는 낮과 밤에 상관없이 불사의 존재였다. '낮은 격'을 가진 공격은 여왕의 존재를 해하지 않는다. 육체가 쉼 없이 터진다고 해도 그녀의 존재는 아무 타격을 입지 않고 이곳에 존재한다. 여왕의 눈이 로이드를 보았다.

끼기기긱!

대지가 뒤흔들렸다. 땅에서 솟구친 칼날이 로이드를 찢으려들었다. 그 정도 공격 따위.

로이드는 묵묵히 블링크를 펼쳐 그곳에서 벗어났다. 그로 인해 만들어진 틈을 스칼렛이 노린다.

그녀는 로이드와는 전혀 다른 마법을 쓴다. 장갑을 낀 손이 허공에 룬문자를 적었다.

공간 폭발로도 만족스러운 타격을 줄 수는 없다.

"염주(炎呪)."

언령과 함께 마법이 펼쳐졌다.

화르르륵!

폭발로 터져 흩어진 여왕의 살점이 모조리 불에 삼켜졌다.

시커먼 불길은 여왕의 살점을 시커먼 재로 바꾸었다. 머리만 남은 여왕은 불꽃 속에서 짜증스러운 표정을 지었다.

이 불꽃은 여왕의 존재를 소멸시키기에는 턱없이 부족하다. 하지만 귀찮고 불쾌하다.

그녀는 정령의 여왕이었다. 이곳이 정령계가 아니고, 충성을 바칠 정령들이 없다고 해도. 조건이 좋지 않다고 하여 여왕이 초월자가 아니게 되는 것은 아니었다.

'불꽃?'

여왕이 헛웃음을 흘렸다. 여왕의 입꼬리가 씰룩거리며 올랐다.

촤아아악!

여왕의 몸뚱이가, 그녀의 존재가 거대한 물방울이 되었다. 출렁거리는 물 덩어리가 허공에 나타났다. 그리고 그것은 그대로 아래로 추락하여 거대한 파도를 만들었다.

숲 한가운데에 성난 파도가 몰아쳤다. 로이드와 스칼렛이 대응하기 전이었다.

"하하하!"

창왕이 큰 소리로 웃었다. 그는 훌쩍 도약해서 로이드와 스칼렛의 앞으로 떨어졌다.

그는 머리 위로 붕붕 휘두르고 있던 창을 아래로 내리찍었다.

쫘아앙!

땅이 크게 흔들리며 갈라진 지면이 위로 솟구쳤다. 모두를 집어삼킬 듯 덮치던 파도가 높이 솟구친 지면에 가로막혔다. 출렁거리며 튀어 오른 파도가 여왕의 몸으로 변화했다.

창왕은 물로 이루어진 여왕의 몸을 보며 두 눈을 번뜩였다.

"와라!"

창왕이 고함을 지르며 양손을 들었다. 어느새 그는 장창을 반으로 나누어 두 자루의 단창을 쥐고 있었다.

창왕이 땅을 박차고 도약했다. 출렁거리던 여왕이 짜증스러운 눈으로 창왕을 보았다. 물러서는 것은 굴욕이었다. 여왕은 본래 몸으로 형태를 바꾸어 창왕을 맞이했다.

파바바박!

창왕의 양팔이 고속으로 움직였다. 그가 휘두르는 단창은 찌르고 휘두르고 때리며 온갖 방위에서 온갖 공격법으로 여왕을 압박했다.

여왕의 공격법은 화려하지도, 아름답지도 않았다. 오히려 단순하고 무식했다.

그녀는 자기 자신이 초월자라는 것을 확실히 알고 있었다. 격 떨어지는 공격으로 자신을 죽일 수 없다는 사실을 너무나도 잘 알고 있었다. 그렇기에 회피는 최소한이다. 마찬가지로 방어도 최소한이었다.

애초에 여왕에게 있어서 치명상이라는 것은 존재하지 않았다. 머리가 없어진다면 잠깐 보지 못한다. 다리가 없으면 잠깐이나마 움직일 수가 없게 된다. 그 외에는 전부 똑같다.

창이 옆구리를 스쳐 지나가는 것을 무시한다. 애초에 내장이라는 것이 없다. 그러니 상처라고 할 수도 없다.

앞으로 뻗는 손이 창에 박살 난다. 개의치 않고서 계속해서 앞으로 나아간다. 팔은 금세 재생한다. 활짝 펼친 손이 창왕에게 향하고, 창왕의 창이 그 팔을 다시 박살 내려 할 때. 그보다 조금 이르게 여왕의 손이 빛을 발했다.

'위험.'

창왕은 급히 자세를 낮추었다.

팟.

빛이 한 번 반짝였다.

콰르릉!

창왕의 등 뒤에 있던 공간이 폭발했다. 나무며 지면이며, 그곳에 있던 모든 것이 흔적도 없이 사라졌다. 여왕이 추가적인 공격을 취하려 할 때였다.

흑룡협의 발이 여왕의 몸을 걷어찼다. 걷어차인 여왕의 몸이 공중으로 날았다.

팽그르르 돌던 여왕은 빠르게 균형을 잡았다. 땅을 박차 도약하는 흑룡협을 향해 여왕이 두 눈을 부릅떴다.

꾸드드득!

지면이 꿈틀거리더니 위로 솟구쳤다. 토사가 크게 확장되어 흑룡협의 몸을 집어삼켰다.

이런 식의 합공은 처음이었다. 그렇다 보니 이성민은 끼어들 틈을 제대로 노리지 못했다.

사실 무조건 끼어들 필요는 없었다. 다들 그만한 강함을 갖추고 있었다. 서로의 틈을 보완한다. 틈이 있다면 노릴 수 있는 쪽이 적극적으로 나서서 공격한다.

흑룡협이 압박하는 토사를 찢었고, 창왕이 공중으로 뛰어올랐다. 그 순간에 이성민도 여왕을 향해 뛰었다.

전투가 시작하고서 얼마 지나지 않았다. 하지만 여왕은 그 사이에 어마어마한 양의 짜증을 느끼고 있었다.

지금 그녀를 귀찮게 하는 이들 중에서 특별히 위협적인 이들은 없었다. 인간 중에서 정점에 오른 마법사와 무인이라고 해도 결국은 인간일 뿐. 숫자만 많을 뿐이다.

위협적인 것을 따져보자면 단신으로 정령계에 쳐들어왔던 위지호연만도 못하다.

오히려 그 시점에서 위지호연은 인간의 영역을 초월해 있었다. 그렇기에 정령계에서 싸웠음에도 여왕은 위지호연을 죽이지도, 압도하지도 못했다.

열흘 밤낮의 싸움은 정령계를 붕괴 직전까지 몰고 갔고, 여왕은 급하게 강림을 시도해 정령계에서 탈출해야만 했다.

지금은 그런 위기감을 느끼고 있지 않다. 저들의 공격이 그녀의 존재를 해할 정도가 아니기 때문이었다.

그래도 귀찮다. 짜증 난다.

고함을 지르며 달려드는 창왕을 여왕은 미치광이라고 인식했다. 뭐가 그리 즐거운지 큰 소리로 웃는 놈은 두 자루의 창을 수족처럼 다루었다.

창은 빠르고 무거웠다. 파고드는 창을 피해 상체를 비틀었다. 충분히 피하지 못해 가슴이 찢어져 사라졌지만 개의치 않는다. 닿으면, 죽일 자신이 있었다.

펼친 손을 앞으로 뻗었을 때였다.

퍼억!

여왕의 시야가 암전되었다. 이성민은 여왕의 머리에 박아 넣은 창을 뽑았다.

"내 싸움이다!"

"우리의 싸움이지."

창왕이 지르는 고함에 이성민은 무덤덤한 목소리로 답해주었다. 기우뚱 넘어지던 여왕의 몸이 바르르 떨린다.

여왕의 몸이 꿈틀거리며 부풀어 올랐다.

쉬이익…… 쉬이익…….

머리가 재생하지 않은 목에서 풍선의 바람이 빠지는 것만 같은 소리가 났다. 그리고.

터졌다.

폭발한 몸에 꽉 눌려 있던 바람이 터져 나왔다. 하지만 창왕도, 이성민도 바람에 놀라 물러서지는 않았다.

뒤늦게 난입한 흑룡협조차 쌍장으로 바람을 찢어 길을 열어가며 안으로 들어왔다.

로이드와 스칼렛이 손을 들어 위를 겨누었다. 서로 다른 마법이 폭풍 속의 여왕을 노렸다.

"고작해야 인간……."

여왕이 내뱉는 말은 끝까지 이어지지 않았다.

호전적인 창왕이 무식하게 뛰어들었다. 그는 하나의 창으로는 바람을 찢고 다른 하나의 창은 주의 깊게 들어 여왕의 몸을 겨누었다. 그러고는 투창, 창을 던졌다.

던진 창이 푸른빛을 발하더니 터졌다.

파지지직!

창에서 터진 강기의 폭풍이 진로를 방해하는 바람을 모조리 소멸시켰다.

무식하게 연 길을 통해 창왕이 뛰어든다. 흑룡협은 괜한 힘을 쓰기보다는 창왕이 연 길을 따라서 그의 등 뒤에 바짝 붙어 달렸다.

여왕은 힘을 모아 한번에 쓸어버릴 생각을 하고 있었지만, 막 강림을 끝내고 다른 정령의 보조를 받지 못해 순간적인 화력이 부족했다.

차이는 단순하고 쉬웠다. 여왕은 혼자였고, 적은 많았다.

[네가 이런 입장에 선 것은 처음 아니냐?]

허주가 킬킬거리며 이죽거렸다.

창왕이 찌른 창이 여왕의 복부에 박혔다. 여왕은 피하지 않고서 맨몸으로 창을 받았다.

그녀는 눈을 부릅뜨고서 한 손으로 복부에 잡힌 창을 잡았다. 그러고는 활짝 편 오른손을 창왕에게 뻗었다.

하지만 이번에도, 여왕의 공격은 격발되지 못했다.

혼자서는 할 수 있는 일이 제한된다. 다수의 적을 한번에 쓸어낼 강함을 가진 것이 아닌 이상에야, 들어오는 공격에 하나하나 대응할 수밖에 없었다.

여왕은 옆에서 파고들어 오는 흑룡협의 일권을 간파하고 눈살을 찡그렸다.

그녀는 잡고 있던 창을 놓고 몸을 통째로 비틀었다. 내지르던 주먹이 펼쳐져 손톱이 구부러졌다.

뿌드득!

흑룡협의 공격이 여왕의 몸뚱이를 양분할 듯 깊게 찢었다. 피를 뿜으며 휘청거리는 여왕의 몸을 자색 전류가 덮쳤다.

쫘지직!

벽력 소리와 함께 여왕의 몸이 산산이 조각났다. 하지만 여왕은 죽지 않는다.

키이잉!

유백색의 결계가 전개되었다. 여왕은 그 속에서 상처를 고속으로 재생하면서 짜증 가득한 눈썹을 꿈틀거렸다.

강림한 직후다. 힘이 부족해도 너무 부족했다. 이곳이 정령계라면 큰 어려움 없이 저들 모두를 죽여 버릴 자신이 있었지만, 지금은 아니었다. 개개인이 위지호연보다 못하다고는 해도 부족함을 숫자가 메운다. 아무리 불사에 가까운 여왕이라고 해도 쉬지 않고 쏟아지는 공격을 맨몸으로 받아내는 것은 짜증스럽고 귀찮았다.

고통보다는 그 이후의 일이 문제다. 만약 이대로 버티지 못하고 역소환당한다면?

강제적인 역소환은 여왕으로서도 백 년 이상은 존재를 안정시켜야 할 정도의 타격을 줄 것이다.

그래서는 안 되었다. 세계를 파멸시키지는 못해도, 눈앞에 있는 저 인간을 반드시 죽이고 싶었다. 저 인간만 없었으면, 저 인간과 엔비루스가 만나지 않았다면. 아무 일도 일어나지 않았을 것이다.

서두를 필요는 없다. 죽음과는 거리가 먼 몸이다. 시간은 여왕의 편이었다. 짜증은 쌓이겠지만, 싸움이 길어질수록 여왕은 힘을 얻는다.

지금 이 순간도 마찬가지였다. 정령의 여왕 사라헨느가 이 세상에 직접 강림했다. 당장은 이 숲의 결계에 막혀 정령들이 들어오지 못하고 있었지만, 결계 밖으로 나간다면 그건 문제가 되지 않는다.

[이곳에서 너무 난폭하게 싸우면, 숲의 결계를 유지하고 있

는 놈이 피해를 볼지도 모른다.]

허주가 경고했다. 이성민 역시 그것을 염두에 두고 있었다.

[결계 밖으로 나가면 정령들의 힘이 더해질 거예요.]

이번의 조언은 루비아였다.

잠자는 숲의 결계는 정령의 출입을 가로막아, 여왕의 힘을 억제하고 있다. 결계 밖으로 나간 여왕이 정령들의 힘을 받기 시작한다면 얼마나 강해질지 가늠이 되지 않는다.

'최대한 빠르게.'

이성민은 시간이 자신의 편이 아님을 잘 알았다. 숲이 파괴되기 전에 속전속결로 여왕과의 싸움을 끝내야만 했다.

노릴 수 있는 것부터 먼저 노린다.

아래에 있는 두 마법사는 직접적으로 전투를 주도하고 있지는 않았지만, 계속해서 여왕의 신경을 거슬리게 했다. 최초의 공격을 제외하고, 놈들은 여왕의 움직임을 겨누고만 있을 뿐 공격해 오고 있지는 않다.

하지만, 마법사라는 족속은 자를 수 있을 때 잘라두어야 하는 법이다. 놈들은 상상하기 힘든, 그리고 대응하기 힘든 마법을 펼치니까.

여왕이 판단하기에 지금이 바로 '자를 수 있는 때'였다.

앞서 나간 창이 여왕의 결계를 향해 창을 찍었다.

그 순간 결계가 흩어지고 여왕은 거대한 바람이 되었다. 몸뚱이는 창왕의 창에 반쯤 찢겼지만, 여왕은 개의치 않았다.

바람이 아래로 추락했다. 날카로운 폭풍이 스칼렛과 로이드를 덮치려 들었다.

그동안 적극적으로 공격에 가담하는 이성민과 창왕, 로이드와는 다르게 백소고는 움직이지 않고 있었다.

여왕과의 싸움에서 모두가 나름의 역할을 나누었다. 스칼렛과 로이드가 원거리 보조와 봉인을 담당한다면 이성민, 흑룡협, 창왕은 여왕을 몰아붙이는 역할을 맡는다. 그리고 백소고가 맡은 역할은 두 마법사를 보호하는 것이었다.

스칼렛과 로이드와 멀지 않은 곳에서 침묵하고 있던 백소고의 발이 들렸다.

이성민은 그런 백소고의 움직임을 눈여겨보았다.

이 시점에서 백소고가 얼마나 강한 힘을 가지고 있는지, 그녀가 어떤 무공을 펼치는지 궁금했다. 백소고의 별호는 묵섬광이다. 지금까지 이성민이 살아남는 것에 일조해 온 보법, 무영탈혼은 백소고에게 직접 가르침을 받았던 무공이다.

사실 지금 이성민이 사용하는 무영탈혼은 본래의 무영탈혼과 너무 많이 달라졌다. 구천무극창이 그랬던 것처럼, 사마련주의 심득이 잔뜩 들어갔기 때문이었다.

백소고가 도달한 무위에서 얻은 심득은 사마련주의 것과 비교하자면 얕을 수밖에 없다. 무공의 고하만을 따져본다면 이성민의 무영탈혼이 백소고의 무영탈혼보다 나을 것이다.

하지만 백소고에는 무영탈혼뿐이었다.

이성민이 자하신공과 구천무극창, 혈환신마공, 흑뢰번천 등의 다른 무공을 함께 익힌 것과는 다르게, 백소고는 오로지 무영탈혼만을 익혔다. 므쉬의 산에서도, 데니르의 정신세계에서도. 백소고가 파고든 것은 무영탈혼뿐이었다.

뻗은 발은 땅에 닿지 않는다. 하늘에 닿지도 않았다. 발을 앞으로 뻗는 동작에서 이미 백소고는 저만치 나아가고 있었다. 그녀의 발은 공간을 도약했고 몸은 바람을 꿰뚫었다. 폭풍 속에서 손을 뻗던 여왕이 놀랐다.

어느새 백소고는 그녀의 바로 곁에까지 와 있었다.

"이보겁살."

백소고가 입술을 달싹거리며 중얼거렸다. 뒤이어 뻗은 오른쪽 발이 공중을 밟았다.

푸확!

폭풍이 흩어졌다. 여왕은 크게 뜬 눈으로 백소고를 보았다. 의식하지도 않고 있던 상대의 신위에 놀랐다.

"만만해 보였나 봐."

스칼렛의 짜증스러운 표정을 지으며 중얼거렸다. 그녀는 로이드를 힐긋 보았다. 스칼렛과 시선이 맞닿자 로이드가 살짝 머리를 끄덕거렸다.

봉인을 주도해야 하는 그로서는 적극적으로 나설 수가 없었다. 하지만 스칼렛은 아니다. 장갑을 낀 손이 허공을 훑었다. 굳이 적지 않아도 허공에 룬문자가 남았다. 그것이 움직여 문장이 되었다.

룬문자가 빛을 발했다. 이보겁살로 바람을 물리친 백소고가 여왕의 몸을 걷어찼다.

그 직전에 여왕은 대지를 일으켜 직접적인 타격을 막아냈다. 그러나 그것만으로는 역부족이었다.

여왕은 마력을 응집시켜 결계를 만들었다. 자그마한 점이 결계와 닿았다.

스칼렛의 마법이 결계를 파괴했다. 튀어나간 마력이 수백 개의 송곳이 되었다. 스칼렛이 뻗은 손을 움켜쥐자 송곳이 일제히 여왕을 덮쳤다.

여왕으로서는 쉴 틈이 없었다. 공격과 공격이 끊이지 않고 들어온다.

퍼버벅!

수백 개의 송곳이 여왕의 몸을 갈기갈기 찢었다. 여왕의 몸이 재생을 끝내기도 전에 박힌 송곳이 폭발했다.

"아…… 윽……!"

여왕의 입에서 처음으로 신음이 나왔다.

단순한 폭발이 아니었다. 역류시킨 마력이 몸뚱이의 재생을 늦추었다.

가볍게 펼친 것처럼 보여도 대마법의 영역에 올라 있는 마법이었다. 파직거리는 전류 속에서 여왕은 육체를 구성하지 못했다.

이성민은 그 틈을 노렸다. 양손으로 쥔 무거운 창이 전류 속에서 허우적거리는 여왕을 꿰뚫었다. 육체는 구성되지 않았지만, 여왕은 분명히 그곳에 있었다.

초월자에게 있어서 육체는 단순한 그릇이다. 육체가 파괴되었다고 해도 그릇에 담긴 영체는 흩어지지 않고 그곳에 존재한다.

개벽이 터졌다. 자그마한 빛이 한 점에 모여 폭발했다.

"아아아악!"

여왕이 비명을 질렀다. 육체야 얼마든지 죽어도 상관없지만, 영체의 상처는 안 된다.

"어떻게? 인간인 네가……!"

여왕이 두 눈을 뒤집으며 분노했다. 통증이 그녀를 날뛰게 만들었다.

격 낮은 인간이다. 그런 인간의 공격이 영체에 타격을 입히는 것은 불가능하다. 저런 공격 따위, 영체에 닿지 못하고 그대로 통과했어야만 한다.

'초월의 영역에 닿았다고?'

믿을 수가 없었다. 이 세상의 인간에게 그런 무위는 허락되지 않았다. 그것은 초월자인 여왕이 누구보다 잘 알았다.

여왕은 영체를 꿰뚫은 창을 양손으로 잡고 신음했다. 구멍난 영체가 서로 달라붙는다.

초월자는 이 정도로 죽지 않는다. 초월자를 죽이기 위해서는 영체 자체를 완전히 소멸시켜야 한다.

'신령은 뭘 하는 거지?'

그 순간에 여왕은 신령을 찾았다. 이 세계에서, 필멸자가 초월의 영역에 닿는 것은 허락되지 않는다.

그만한 무위에 닿게 된다면 그 과한 힘을 박탈당하거나 세상에서 추방되어야 한다.

'닿았다.'

하지만 얕다. 개벽의 무리를 담은 창은 여왕의 영체를 꿰뚫었지만, 완전히 소멸시키지는 못했다.

창을 완전히 뽑아낸 여왕이 비틀거리며 물러섰다. 육체가 영체를 덮는다. 여왕은 경악한 눈으로 이성민을 노려보았다.

'무극이라면 될지도 몰라.'

조금씩 확신이 들었다. 염두하고 불안해했던 것만큼 여왕은 강하지 않았다.

물론 이성민 혼자였다면 고전을 면치 못했을 것이다. 하지만 지금의 이성민은 혼자가 아니었다.

"아아아아!"

여왕이 고함을 질렀다.

쿠우우웅!

어마어마한 힘이 여왕의 몸으로 유입되었다. 공간이 파들거리며 떨렸다. 여왕은 비명을 멈추지 않고서 전진했다.

그녀가 발을 딛고 땅을 박찰 때.

그보다 빠르게 백소고가 뛰어들었다.

극성의 무영탈혼은 조용하고 빠르다. 여왕의 감각 너머에서 침입해 온 백소고가 여왕의 몸을 걷어찼다.

공중으로 날아간 여왕을 기다리고 있던 것은 양팔이 새카만 비늘에 뒤덮인 흑룡협이었다.

날아가는 와중에 여왕은 흑룡협을 향해 양손을 휘둘렀다. 그녀가 손을 휘두른 공간에 화염이 만들어졌다. 하지만 흑룡협은 비늘 덮인 팔로 우습게 불꽃의 벽을 찢어버리고 여왕에게 다가왔다.

사지가 뜯긴 여왕의 몸이 떨어졌다. 영체 위에 육체가 구성된다. 그 순간에 스칼렛의 마법이 여왕을 덮쳤다.

촤라라락!

아무것도 없던 공간에서 튀어나온 사슬이 여왕의 목을 옭아 죄었다.

"케흑……!"

여왕은 재생시킨 양손으로 사슬을 붙잡으며 버둥거렸다.

끔찍한 경험이었다. 그녀의 적들은 위지호연보다 약했지만, 싸움은 위지호연 때보다 일방적이고 잔혹했다.

어쩔 수 없는 일이었다. 이곳에서의 여왕은 너무나도 약했다. 지금 여왕이 가진 힘은 제니엘라보다도 약했다.

이성민은 그것을 다행이라 여겼다. 그리에스로 여왕의 강림을 미리 파악하지 않았더라면 훨씬 곤란했을 것이다.

여왕은 핏발 선 눈으로 이성민을 노려보았다.

빠드득!

목을 죄고 있던 사슬이 여왕의 손아귀에서 박살 났다.

"너만…… 없었으면……."

"그만 좀 하십시오."

여왕이 원독에 차 내뱉는 말을 들으며, 이성민은 참다못해 그렇게 대꾸했다.

"대체 내가 뭘 잘못했다고 그럽니까? 나는 엔비루스에게 아무 잘못도 한 적이 없습니다. 오히려 그가 나를 오해하고 배신했지. 내가 엔비루스에게 마나의 맹세를 어기라 강요한 적도 없는데, 대체 왜 당신은 내 탓을 하는 겁니까?"

"너만 없었으면 되었어……!"

여왕이 피를 튀기며 고함을 질렀다. 이성민은 여왕과 대화하는 것을 포기했다. 설득할 자신도, 그럴 필요도 없었다.

이성민이 한숨을 내쉬자 여왕이 악을 썼다.

"너만 없었으면!"

그 저주를 무심히 듣다가, 달려드는 여왕을 상대로 이성민은 창을 들었다.

숲이 흔들렸다.

여왕은 가슴에 박힌 창을 내려 보았다. 이성민은 가벼운 어지럼증을 느끼며 두 눈에 힘을 주었다.

여왕은 뭐라고 말을 하려 입술을 뻐끔거렸지만, 목소리를 내지 못했다. 그녀의 가슴을 꿰뚫은 무극은 그녀의 영체에 거대한 구멍을 만들었다. 여왕의 얼굴이 일그러졌다.

"아…… 직…….."

이 정도로는, 여왕은 그 말을 끝까지 뱉을 수가 없었다. 개벽과는 다르게 무극은 영체의 일부를 완전히 소멸시켰다.

'얕아…….'

이성민의 두 눈은 여왕의 육체가 아닌 다른 것을 보았다. 그녀가 가진 거대한 영체, 그 한가운데를 꿰뚫은 무극의 상처는 절대 작지 않았다. 하지만 초월자인 여왕을 완전히 소멸시킬 정도도 아니었다.

여왕은 떨리는 양손으로 창을 잡았다. 그녀는 원독에 가득 찬 눈으로 이성민을 노려보았다.

이성민은 그 순간의 여왕이 무슨 생각을 하는지 이해하려 들지 않았다. 다만, 무극을 사용했어도 얕다는 것. 이것으로도 부족하다는 것에 실망을 느꼈다.

이성민은 창을 뽑아냈다. 지금부터는 로이드의 도움을 받아 여왕을 봉인하거나, 아니면 여왕의 영체를 더 공격하여 소멸을 노리는 방법도 있었다.

그러나 선택할 필요는 없었다.

여왕의 몸이 바르르 떨렸다. 그녀의 입이 쩍 벌어졌다.

"어……."

여왕의 입에서 그런 소리가 났다. 그녀는 믿을 수 없다는 표정을 지으며 자신의 몸을 내려 보았다.

가슴에 뚫린 구멍 때문은 아니었다. 영체의 끄트머리부터 소멸이 시작되었다. 여왕은 흩어지는 자신의 몸을 보며 몸을 허우적거렸다.

"어…… 어째서? 내가 왜? 자, 잠깐. 무슨 일이……그만……!"

여왕이 비명을 질렀다. 이성민은 놀란 눈으로 로이드를 보았다.

로이드도 당황한 기색이 역력했다. 그는 들고 있는 그리에스와 소멸하는 여왕을 번갈아 보며 머리를 가로저었다.

"내, 내가 아닐세. 나는 아무것도 하지 않았어."

"그럼 대체……?"

여왕의 소멸은 무극으로 인한 것이 아니었다. 무극은 여왕

의 영체의 일부를 소멸시켰을 뿐, 그녀의 몸을 완전히 소멸시
키지 못했다.

"아아아악!"

여왕이 비명을 지르며 땅을 뒹굴었다.

"시…… 싫어……!"

비명에 공포가 섞여 있었다.

"내가 왜…… 이런 일이……! 신령…… 나는……!"

외침이 드문드문 끊긴다. 여왕은 더 이상 몸을 비틀지도 못
했다.

바닥에 널브러진 육체가 가루가 되어 무너졌다. 영체가 소
멸했으니 그릇인 육체가 더 이상 존재하지도 못했다.

"엔비…… 카인……."

반쯤 남은 머리로, 여왕은 그렇게 중얼거렸다.

"왜……."

여왕은 더 이상 말하지 못했다.

정적이 흘렀다.

그럴 수밖에 없었다. 여왕의 소멸은 누구나 알 수 있을 정도
로 이상했다.

애당초 이성민의 무극은 여왕을 소멸에 이르게 할 정도도
아니었고, 이곳에 있는 이들 중에서 여왕의 소멸을 주도한 이

또한 없었다.

로이드와 스칼렛이 마법을 쓴 것도 아니었고, 창왕과 흑룡협, 백소고가 공격한 것도 아니었다.

여왕 본인조차도 자신의 소멸에 당황하고 있었다. 내가, 왜. 소멸 직전에 여왕이 더듬거리던 말.

'신령……'

이성민은 아랫입술을 잘근 씹었다.

소멸 전의 여왕은 신령을 불렀다. 마치, 지금의 소멸이 신령에 의해 일어났다는 것처럼.

이성민은 즉시 감각을 활짝 개방했다. 무극을 펼쳐 정신이 피로했지만, 지금은 그런 것을 신경 쓸 때가 아니었다. 만약 여왕의 소멸이 신령에 의한 것이라면? 신령은 무신을 꼭두각시로 부리고 있다. 어쩌면, 이 숲에 무신이 와 있을지도 모른다.

'……없어……'

넓게 확장시킨 개방을 통해 주변을 샅샅이 뒤져보았으나, 무신의 존재는 느껴지지 않았다.

무신이 직접 오지 않은 건가? 사마련주 때처럼 신령이 강제적으로 개입했나? 대체 왜?

이해가 안 된다. 사마련주 때에 신령이 개입했던 것은, 사마련주의 힘이 이 세상에 허락되지 않은 영역에 닿았기 때문이었다.

이번 일에서 신령이 개입할 이유는 없었다. 신령이 바라는 것은 종언이고, 강림한 정령의 여왕은 종언의 재앙 중 하나로 기능하고 있었다. 비록 패배했다고 해도 굳이 신령이 직접 나서서 여왕을 소멸시킬 이유가 있나?

[어쩌면 네가 강해지는 것을 염두에 둔 것 아니냐?]

'애초에 포식할 생각도 없었어.'

정령의 여왕 정도의 영체를 포식한다면 이 몸이 버티지 못할 것이다.

그에 대해서는 아이네와 이성민의 몸을 비교한 스칼렛과 로이드에게 몇 번이고 확인을 받았다. 육체의 구성법이 다르고, 지금의 이성민은 포식으로 인한 성장에 한계에 닿아 있었다.

[만약을 염두에 두었을지도 모르지. 너는 종언의 운명에 속해 있지 않고, 신령은 너를 통제할 수가 없다. 그리고 정령의 여왕은 실패했지. 신령으로서는 정령의 여왕을 살려둘 이유가 없었을 게다.]

허주의 말이 무슨 뜻인지는 알았다.

어차피 종언으로 인해 이 세상이 완전히 끝나 버린다면, 새로운 세상에서 새로운 정령의 여왕이 나타난다. 몇 번이고 반복되는 이 세상에서 정령의 여왕은 그리 중요한 존재가 아니다.

'신령이 나를 의식하고 있는 건가?'

[그건…… 조금 묘하군. 너를 의식하고, 너를 방해라 여기고,

네가 정령의 여왕을 포식하여 강해지는 것을 염두에 두고 있다면……. 차라리 직접 나서서 너를 죽이는 편이 낫지 않나?]

그럴 만한 힘이 없어서, 라고는 생각할 수가 없었다.

[어쩌면 네가 운명에 속해 있지 않아서, 신령이 직접 개입하지 못하는 것일 수도 있지.]

확실한 것은 없었다. 이성민은 아랫입술을 잘근 씹으며 정령의 여왕이 소멸한 자리를 내려 보았다.

"알아야 해."

로이드가 입을 열었다.

그는 대뜸 자리에 털썩 앉았다. 그리고 무릎 위에 그리에스를 올려두고서 손을 뻗어 그리에스의 겉표지에 얹었다.

로이드는 가늘게 뜬 눈으로 그리에스를 내려 보면서 말했다.

"우리에게는 정보가 너무 부족하네. 조금 전, 정령의 여왕은 소멸해서는 안 되었어."

"자살은 아니었지."

창왕이 중얼거렸다.

그는 내심 아쉬움을 느끼고 있었다. 더 즐겁게, 오래 싸울 수 있다고 생각했는데. 싸움이 너무 쉽게 끝났다. 아니, 창왕은 방금 전의 그것이 싸움이라고 생각하지도 않았다.

"정령의 여왕이 소멸한 것은 틀림없는 사실이야. 나쁜 일은 아니지, 오히려 좋은 일일세. 이것으로 이 세상은 다시 한번 종

언에서 멀어졌네. 가장 가까운 재앙이었던 정령의 여왕은 소멸
했어."

"고작 그 정도를 재앙이라 해야 하나?"

창왕이 이죽거렸다. 그러자 곁에 있던 흑룡협이 눈을 흘겼다.

"운이 좋았던 것이오. 상황도 좋았고. 소천마가 정령계에서
날뛰어주지 않았더라면. 그리고 먼저 강림한 정령왕들을 차례
대로 끊어내지 않았더라면. 우리가 여왕의 강림을 미리 파악
해 준비하고 기다리지 않았더라면, 그녀는 틀림없이 재앙이 되
었을 거요."

창왕은 흑룡협의 말에 반박하지 않고서 쯧 하고 혀를 찼다.

"재미없구나."

창왕은 그렇게 중얼거리며 자리에 앉았다.

정령의 여왕이라는 재앙을 극복했음에도 마음 놓고 기뻐하
는 이는 없었다. 이것으로 모든 종언이 끝이 난 것이 아님을 알
았고, 정령의 여왕이 소멸한 것에도 의문점이 너무 많았기 때
문이다.

로이드는 그 답을 찾고자 했다.

그리에스는 과거와 현재의 사건을 본다. 정령의 여왕이 강
림하고, 소멸한 정도의 사건이라면 틀림없이 그리에스에도 포
착되었을 것이다.

로이드는 두 눈을 감고 정신을 집중했다. 그리에스가 수명

을 바치라 요구했다.

익숙했다.

로이드는 남은 수명을 가늠해 보았다. 아깝다는 생각은 하지 않았다. 수명을 바치는 것에 아까움을 느낄 그릇이었다면, 아벨은 로이드에게 그리에스를 넘기지 않았을 것이다.

로이드는 남은 수명을 무시했다.

'보여다오.'

그리에스가 웅웅거리며 진동했다. 로이드의 의식이 붕 떠올랐다.

이곳에서 그리 먼 곳은 아니다. 잠자는 숲의 밖. 결계의 너머에 누군가가 서 있다. 황색 장포를 입은 남자. 그리고 그 곁에 눈이 보이지 않는 여자와…… 백색 무복을 입은 여자. 저들이 정령의 여왕을 소멸시켰다.

로이드의 눈이 번쩍 떠졌다. 그는 즉시 마법을 사용해 조금 전에 자신이 보았던 것을 모두에게 보여주었다.

이성민은 창백하게 질린 얼굴로 그것을 보았다.

황색 장포를 입은 남자는 무신이었다. 그의 곁에 있는, 두 눈을 감은 여자는 누구인지 알 수가 없었다. 하지만 창왕과 흑룡협은 그녀가 누구인지 짐작할 수 있었다.

"저게…… 영매인가?"

한때 천외천에 소속되어 있던 둘이었지만, 영매를 직접 보는 것은 처음이었다.

이성민은 무복을 입은 엘프의 얼굴을 뚫어져라 보았다. 어디선가 본 얼굴이었다.

기억을 더듬으니, 저 얼굴을 떠올릴 수가 있었다. 이성민이 직접 만나본 엘프의 수는 그리 많지 않다.

'사냥조장.'

권존의 딸인 레비아스. 그녀가 무신과 함께 있었다.

"저들은 결계의 너머에 있네."

창왕이 벌떡 일어섰다. 그는 흥분한 눈으로 자신의 창을 움켜잡고서 몸을 돌렸다.

흑룡협이 빠르게 손을 뻗어 창왕의 어깨를 잡았다.

"뭘 하려는 거요?"

"10년 전의 일을 설욕하러 가겠다."

"미친. 성급하게 굴지 마시오."

"뭐가 성급하다는 것이냐? 너는 10년 전의 굴욕을 벌써 잊은 것이냐? 너와 나, 둘이서 합공하였음에도 외팔이 무신을 어쩌지 못한 굴욕! 지금이야말로 그것을 설욕할 기회다."

"그러니까, 굳이 지금 설욕할 필요는 없다는 거요."

흑룡협이 답답하다는 표정을 지으며 쏘아붙였다.

이성민은 입술을 꾹 다물고 무신의 모습을 보았다.

무신은 10년 전의 모습과 크게 달라지지 않았다. 꽉 쥔 주먹에서 피가 뚝뚝 흘러내렸다. 무신은 신령과 마찬가지로, 사마련주를 죽인 원수였다.

"감당할 자신이 있소?"

흑룡협이 창왕을 노려보면서 물었다.

그 말은 비단 창왕에게만 향하는 것이 아니었다. 이성민에게 하고 있는 말이기도 했다.

"우리는 방금 전에 싸움을 겪었소. 댁은 꽤 멀쩡한 듯싶지만, 누군가는 지쳤지."

무극은 지금의 이성민도 완전하게 펼칠 수 없는 기술이다. 실제로 지금의 이성민은 제대로 창을 휘두를 수 없을 정도로 지쳐 있었다.

"10년의 고행을 통해 당신과 내가 이전보다 높은 경지에 올랐음은 분명하오. 하지만 우리가 10년의 고행을 하는 동안 무신이 과연 놀고 있었을 것 같소? 창왕, 당신이 인정한 말 아니오. 지금 당신의 무위는 10년 전의 무신과 동등하다고."

그 말에 창왕의 얼굴이 일그러졌다. 그는 무어라 반박하려 했지만, 흑룡협은 그럴 틈을 주지 않았다.

"나는 당신만큼 진보하지는 못했소. 당신과 내가 협공한다고 해도, 아마 우리는 무신을 당해내지 못할 거요. 그리고 이것을 잊지 마시오. 무신은 신령의 도움을 받고 있소."

'그래.'

이성민은 꽉 막힌 숨을 내뱉었다. 들끓던 감정이 진정된다.

무신은 사마련주의 원수다. 그걸 잊을 마음은 없다.

만약, 만약에. 지금 복수심을 진정시키지 못하고서 무신에게 덤빈다면 결과는 어떻게 될까.

지금의 이성민은 제대로 싸울 수 없는 몸이다. 창왕, 흑룡협, 백소고. 그리고 스칼렛과 로이드. 그들만으로 무신을 몰아붙일 수 있을까.

기묘했던 월궁에서의 기억을 떠올린다. 흩어진 살점과 사형제들을 죽이고 월후를 만나러 갔던 레비아스. 그리고 신령.

"……굳이 지금 무신과 격돌할 필요는 없습니다."

"놈은 네 스승의 원수다."

창왕이 뚱한 표정을 지으며 이성민을 보았다. 이성민은 로이드를 부축하며 몸을 일으켰다.

"……원수는 갚을 겁니다. 하지만, 흑룡협이 말한 것처럼 지금 무신과 싸우는 것은 위험이 큽니다."

감정에 휘둘리지 마라. 이성민은 스스로에게 암시를 걸면서 요정마를 소환했다. 창왕은 내키지 않는 얼굴이었지만 더 이상 고집을 부리지 않았다.

백소고가 이성민의 곁에 다가와 함께 로이드를 부축했다.

"……수고했어, 사제."

"대단한 일을 한 것도 아닙니다."

"아니기는."

스칼렛이 눈썹을 찡그렸다.

"분위기가 왜들 그래? 솔직하게 기뻐해도 되잖아. 마무리가 좀 수상쩍고 구리기는 했지만, 우리는 방금 세상을 구한 거야. 아냐?"

그런데 다들 축 처져서. 스칼렛은 괜히 흙을 발로 걷어차며 내뱉었다.

"그런 대단한 일을 하면서 우리 중 누구도 죽지 않았어. 우리는 말이야, 아주 성공적으로 종언의 재앙 중 하나를 막았다고. 그게 비록 누가 반쯤 죽여놓은 것에 숟가락을 얹은 것뿐이라고 해도!"

"그렇지. 그래서 재미없어."

창왕이 투덜거렸다. 스칼렛은 창왕의 말을 무시하면서 이성민을 노려보았다.

"돌아가면 술판을 벌일 거야."

약속해. 스칼렛이 새끼손가락을 들어 이성민에게 내밀었다.

"생각해 보면 억울하네. 우리는 이렇게 개고생하면서 세상을 한 번 구했는데, 정작 세상 사람들은 우리가 이런 대단한 일을 했다는 것도 모르고 있잖아. 그러니까 어쩌겠어? 우리끼리라도 자축해야지. 가면, 술이나 마시면서 즐겨. 하룻밤이라도 복잡하고 어려운 생각 하지 말고 신나게 떠들고, 다들 수고

했습니다- 하면서, 서로 북돋아 주고."

"……알겠습니다."

이성민은 스칼렛이 쏘아붙이는 말에 씁쓸한 미소를 지으면서 머리를 끄덕거렸다.

"들어가지 않아도 되는가?"

무신은 숲의 입구를 가로막은 결계를 보며 물었다.

그의 곁에 선 레비아스는 무뚝뚝한 얼굴로 결계의 안쪽을 보고 있었다.

월후에게 의식을 잡아먹힌 그녀는 레비아스의 몸을 하고 있으면서도 정신은 월후였다. 잘 단련된 엘프의 몸뚱이는 이전의 몸보다 훨씬 마음에 들었다.

"그럴 필요는 없습니다. 이미 모든 것이 끝났어요."

"정령의 여왕이 소멸했다는 것인가?"

"예."

무신의 곁에서 영매가 머리를 끄덕거리며 말했다. 그 말에 무신의 눈썹이 살짝 씰룩거렸다.

마음이 편하지는 않았다. 종언의 재앙으로 강림한 정령의 여왕을 소멸시키는 것은 무신이 해야 할 일이었다.

"너무 불쾌해하지 마십시오."

영매가 무신을 향해 말했다. 그녀는 앞을 보지 못한다. 대신에 영매는 다른 것을 보고 있었다.

영매는 이성민과 일행이 요정마를 타고 숲을 탈출하는 것을 보며 빙그레 웃었다.

"저들 역시 종언의 재앙이라 하지 않았나. 지금 기회에 저들을 죽이는 것이 낫지 않은가?"

"아니요, 무신. 꼭 그럴 필요는 없습니다. 독은 독으로 제압하는 편이 좋지요. 종언의 재앙들끼리 서로 다툼을 벌이며 힘을 소진하고 있습니다. 무신, 당신은 가장 확실한 순간에 나서면 되는 것입니다."

"굳이 그럴 필요는……."

"신령께서는 확실한 마무리를 바라고 계십니다."

"신령이 나를 믿지 못하는 것인가?"

"그럴 리가요. 당신의 힘은 이미 종언을 끝내기에 충분합니다. 하지만…… 신령께서 그리는 그림에서, 당신은 아직 저들과 싸워서는 안 됩니다."

아직 수확의 때가 아니다. 충분히 익지 않았는데 벌써 거두어서는 안 된다.

영매의 탈을 뒤집어쓴 신령이 빙그레 웃었다.

"물러서시지요."

영매가 살짝 머리를 숙였다.

'이 아둔한 인간아.'

그 조롱을 삼키고서.

5장
파티

커다랗게 피운 모닥불이 숲을 밝혔다. 흩날리는 불씨 너머에서 요정들을 깔깔거리며 춤을 추었고, 불 근처에는 비어버린 술병이 잔뜩 굴러다니고 있었다.

내공으로 취기를 누르지 않고 진탕 술을 마신 창왕은, 의외로 얌전하게 구석에 웅크려 잠이 들었다. 그런 창왕에게 붙잡혀 첫 잔부터 무리해서 마신 로이드도 그 곁에 널브러졌다.

흑룡협은 조금 마신 술에 뺨을 발갛게 물들인 테레사의 근처에 앉아 뭐라고 떠들고 있었는데, 이성민은 그가 하는 얘기에 귀를 기울이지 않았다. 테레사 또래가 좋아할 법한 가십거리였기에, 굳이 들으려 할 필요가 없었다.

"반인반룡과 인간 사이에서 태어난 아이는 어떻게 되지?"

"애초에 반인반룡이 출산은 가능합니까?"

"음…… 글쎄. 보통 저런 경우는 불임이지 않나? 왜, 노새는 불임이라잖아."

"드래곤이 당나귀나 말은 아니지 않습니까."

"그렇다고 직접 가서 너 고자냐고 물어보기는 좀, 아니, 그것보다는 먼저, 성녀가 결혼하고 출산할 수 있느냐를 먼저 생각해 봐야 하는 것 아니야?"

스칼렛이 와인 잔을 흔들며 진지한 얼굴을 하고서 중얼거렸다. 생각해 보니 그 말이 맞는 것 같아서, 이성민도 머리를 끄덕거렸다.

"하지만 나이 차가 조금……."

"아무리 적게 잡아도 이백 살이지? 그래도 뭐, 크게 문제는 없지 않을까…… 서로 사랑만 한다면 말이야."

"가능성이 있다고 보십니까?"

"겉으로 보기에 하자는 없잖아. 성격도 뭐, 저기 저…… 퍼자고 있는 늙은이랑 비교하면 아주 멀쩡하고. 저 늙은이랑 비교해서 모자란 놈이 세상 뒈져봐도 거의 없겠지만."

스칼렛은 그렇게 말하고서 뭐가 그리 즐거운지 킬킬거리며 웃었다.

저 둘은 뭐 그렇다 치고. 스칼렛은 살짝 위로 올려 뜬 눈을 깜박거리며 이성민을 보았다.

"소천마랑 무슨 사이야?"

"뜬금없이 그건 또 무슨 말입니까?"

"아니, 그냥 궁금해서. 직접적으로 말한 적은 없잖아, 아주 끈적끈적한 사이라는 것은 듣지 않아도 알겠지만."

"너무 취하신 것 아닙니까?"

"취한 척 나서주는 거야. 나 말고 누가 이런 것을 물어보겠어?"

"스칼렛 님 외에 궁금해하는 사람도 없을 겁니다."

"그렇지는 않을걸."

스칼렛은 그렇게 장담하며 와인 잔을 입술로 가져갔다. 그녀는 이성민의 근처에 앉아 있는 백소고를 힐긋 보았다.

무릎을 양팔로 끌어안은 백소고의 양 뺨은 불그스름한 색으로 물들어 있었다.

이쪽을 힐긋 본 백소고와 스칼렛의 눈이 마주쳤다. 백소고는 화들짝 놀라더니 아닌 척 시선을 돌리고 술잔을 들었다.

"그, 왜. 여자는 이런 얘기를 좋아하거든. 특히 술자리에 나누기도 좋은 주제 아니야?"

"맞아요."

쓴맛이 싫다며 요정들이 담근 과일주를 홀짝거리던 루비아가 눈을 빛냈다. 그녀는 고양이 귀를 쫑긋거리며 무릎 발로 다가와 스칼렛의 옆에 앉았다.

"저야 뭐, 이성민 님과 소천마가 어떤 사이인지는 알고 있지만요."

"너는 어떻게 아는 거야?"

"숲에서 두 분이 밀회를 나누는 것을 보았어요. 그뿐만이 아니라, 예전에 있었던 일들도……."

"괜한 말은 하지 마십시오."

이성민이 루비아를 흘겨보며 말했다. 그러자 루비아는 입술을 삐죽 내밀면서 다시 과일주를 홀짝거렸다.

이런 이야기는 듣다 말면 더 궁금해지는 법이다.

"아직도 헷갈리는 거야? 네 주인은 나야. 정령의 여왕과의 계약을 끊어내고 널 사역마로 삼은 위대한 마법사가 누구지?"

"그…… 스칼렛 님이죠."

"정령의 여왕도 됐졌으니 나야말로 너의 유일한 주인이지. 자, 대답해. 둘은 무슨 관계야?"

"어린 시절부터 친구입니다."

스칼렛은 그런 답으로는 만족하지 않았다. 그녀는 두 눈을 빛내며 답을 재촉했다. 루비아도 이성민의 입장에서 제대로 듣고 싶은 것인지 나서지 않고 얌전히 입을 다물었다.

그러는 중에도 테레사는 흑룡협의 알 수 없는 농담을 듣고서 좋다고 웃고 있었다.

백소고는 슬며시 거리를 좁혀 오며 귀를 기울였다.

첫 만남, 던전에서, 루베스에서, 요정의 숲에서, 잠자는 숲에서. 이성민은 위지호연과 얽힌 이야기를 들려주었다.

줄일 것은 줄이고 하지 말아야 할 말은 하지 않았는데, 오히려 그런 것이 듣는 이들로 하여금 상상력을 발휘하게 했다. 1년 동안 이 숲에서 함께 지냈다는 말에 루비아가 발갛게 물든 뺨을 손으로 감쌌다.

백소고의 뺨은 살짝 굳었다. 스칼렛은 그런 백소고를 보며 혀를 찼다.

"너무 불리한데."

"예?"

"아니, 아무것도 아니야."

스칼렛은 복잡한 기분을 느끼며 손으로 턱을 괴었다.

스칼렛도 이성민에게 꽤 호감을 느끼고 있었다. 곰곰이 생각해 보면, 여태까지 그녀의 곁에서 허우대 멀쩡하고 얼굴 반반하고 성격 고만고만하고 실력도 좋고 오랫동안 알고 지내온 남자는 이성민뿐이었다.

애초에 스칼렛에게는 선택지가 많지 않았다. 대부분의 마법사가 그러하듯, 스칼렛 역시 사랑과 연애, 결혼, 그런 것보다는 마법에 몰두하는 삶을 살아왔다.

조금 아쉽고, 아깝고, 그런 기분이 들기는 했지만. 그렇다고 서글프진 않았다.

'뭐, 정 안 되면 두 번째나 세 번째도 상관은 없는데.'

그런 면에서 스칼렛은 굉장히 개방적이었다.

물론 지금 당장 그러겠다는 마음은 아니다. 우선 종언을 끝내는 것이 먼저고, 그다음은 마법사로서의 비원을 달성해야 한다. 사랑, 연애, 결혼. 그런 것은 아마 그다음이지 않을까.

하지만 백소고는 다르다.

스칼렛은 창백하게 질린 백소고의 얼굴을 힐긋 보았다. 아까만 해도 취기로 조금 붉었는데, 어느새 그녀의 얼굴에는 그런 흔적이 조금도 남아 있지 않았다. 이야기를 듣는 중에 내공을 써서 취기를 몰아낸 모양이었다.

[고백 안 해?]

어쩔 수 없지. 직접 나서서 사랑의 큐피드가 되어주는 수밖에. 스칼렛은 입술을 파들거리며 떠는 백소로에게 텔레파시를 보냈다.

그러자 백소고가 흠칫 놀라 스칼렛을 보았다.

[갑자기 무슨 말이에요?]

[갑자기는 뭐가 갑자기야. 지금 네 표정이 어떤지 몰라? 거울이라도 줘?]

[제 표정이 뭐가 어때서요?]

[됐다, 됐어. 그보다 어쩔 거야? 고백 안 해? 내가 생각하기에는 지금이 타이밍이 좋거든. 네가 마음만 먹는다면 내가 제대로 바람 잡아 줄게.]

[저는…… 사제에게 그런 감정을 가지고 있지는 않아요.]

[그런데 표정이 왜 그래?]

[제 표정이 어떻다는 거예요?]

[짝사랑하는 상대한테 고백도 못 하고, 나밖에 없을 것이라는 근거 없는 자신감으로 십 년 넘도록 가슴 속에만 두고 있다가, 사실은 상대가 나 모르는 사이에 다른 사람과 십 년 전부터 물고 빨고 다 했다는 것을 알게 된 미련한 여자의 표정이야.]

백소고는 뭐라 답하지 못하고 아랫입술을 꾹 다물었다. 스칼렛은 혀를 쯧쯧 차며 백소고를 힐긋 보았다.

이성민은 괜한 이야기를 한 것 같다는 기분을 느끼며 호리병의 술을 잔에 부었다.

[어쨌든, 잘 알겠어. 아직, 직접 말하고 싶지는 않다는 거지?]

[……이런 시국에서 할 만한 이야기도 아니라고 생각해요. 그리고, 나는…… 그러니까, 사제에게 사형제 이상의 감정이 있지는 않…….]

[그건 네 생각이고. 걱정 마, 내가 잘 말해볼게.]

아무래도 큐피드 역할은 무리인 것 같았다.

그래도 스칼렛은 포기하지 않았다. 스칼렛은 이성민이 따르고 있는 호리병을 뺏어 직접 잔을 채워주었다.

"일부다처제에 대해 어떻게 생각해?"

"……그건 갑자기 웬 개소리…….""

"대답이나 해봐."

"……일부다처제라면, 남자 혼자서 여자 여럿을 부인으로 둔다는 것 아닙니까?"

"그렇지."

"그렇다면 여자들끼리 싸움이 나지 않을까요?"

"여자들끼리 잘 이해하고 싸우지 않을 수도 있지."

"그래도 좀……."

"그럼 일처다부제는?"

"싫습니다."

"쓰레기 같은 놈."

생각할 것도 없이 즉답했다. 그러자 스칼렛이 정색하고서
욕설을 내뱉었다.

"여자 하나서 남편 여럿인 것은 싫고, 남자 하나서 아내 여
럿인 것은 좋아?"

"좋다고 한 적 없습니다."

"대답에 차이가 나잖아. 여자들끼리 잘 이해하면 할 수도 있
다, 이런 뉘앙스였다고."

"아닙니다."

"그냥 닥치고 있어. 쓰레기 같은 놈, 하여튼 남자들은 다 똑
같아. 하긴, 오는 여자 싫다는 남자가 어디에 있겠어? 오는 여
자가 예쁘기까지 하다면 절대로 싫다는 말 못 하지."

"대체 왜 그렇게 부정적으로 받아들이는 겁니까?"

"네가 얄미워서 그런다, 이 개자식아."

"내가 뭘 했다고……."

"백소고. 너 10년 전에 뭐했어?"

"……네?"

스칼렛이 머리를 휙 돌려 백소고를 보았다. 어깨를 축 늘어뜨리고 있던 백소고가 흠칫 놀라 스칼렛을 보았다.

"네?"

"10년 전에 뭐했냐고."

"그…… 세상을 떠돌았죠."

"그전에는?"

"므쉬의 산에 있었고……."

"그 빌어먹을 산에 또 있었지? 나는 뭐, 너보다는 형편이 나았지. 마탑에 틀어박혀 곰팡내 나는 책 냄새를 맡으며 손끝이 저릴 정도로 마도서를 적고, 머리 터지도록 이론을 쑤셔 박고. 그런데 너는? 소천마랑 물고 빨고 있었지!"

"내가 그것만 했습니까? 그리고 물고 빨다니, 뭐 그런 말을……."

"그래서 안 했어?"

"그……."

"너 진짜, 이런 면에서는 쓸데없이 정직하구나. 좀 거짓말이라도 '안 했습니다'라고 하면 안 돼?"

"안 했습니다."

"죽여 버리고 싶다, 진짜."

이성민이 떨떠름한 얼굴로 대답하자, 스칼렛은 어깨를 바들바들 떨면서 분노에 겨운 목소리로 내뱉었다. 이성민은 헛기침을 하면서 술잔을 들이켰다.

"너랑 얘기하려 드는 내가 바보지. 어디서 이런 눈치 없는 놈이랑……."

"내가 눈치가 왜 없습니까?"

이성민은 그렇게 되물으면서 스칼렛을 빤히 보았다. 쓸데없이 깊은 눈동자에 스칼렛은 흠칫 놀라 턱을 당겼다.

이성민은 한숨을 내쉬면서 머리를 가로저었다.

"난 잘 모릅니다."

"야."

"종언은 아직 끝나지 않았습니다. 정령의 여왕을 소멸시키기는 했지만, 아직 제니엘라가 있고 무신도 있습니다. 그 외에 어떤 재앙이 또 있을지도 모르고요. 그러니까……."

"내가 이럴 줄 알았어. 기분 전환이나 하자고, 그냥 마음 편하게 술이나 먹자는데 왜 또 혼자 진지한 얘기야?"

"그냥 그렇다는 겁니다. 일부다처제니 일처다부제니…… 그게 지금 뭐가 중요합니까."

"내일 당장 세상이 망할지도 모르니까, 후회 없는 삶을 살아야 하는 것 아냐?"

"사과나무라도 심으시렵니까?"

"뭔 개똥 같은 소리야. 사과나무를 왜 심어?"

"제가 있던 세계에 있던 말입니다. 내일 지구가 멸망하더라도 한 그루의 사과나무를……."

"뭐 하는 미친놈이야? 지구는 또 뭐고? 그리고, 멸망하는데 사과나무는 왜 심어? 사과를 하나 더 처먹고 말지."

스칼렛이 신랄한 목소리로 쏘아붙였다.

이성민은 그 말에 대해 뭐라고 반박이라도 하고 싶었지만, 정작 저 말을 했던 철학자의 이름도 알지 못했기에 그냥 입을 다물었다.

"……어쨌든, 그런 이야기는 별로 하고 싶지 않습니다. 지금도 우리가 이러는 중에 위지호연은……."

"존나 고생하고 있겠지. 그 대단한 분 덕에 정령의 여왕도 쉽게 잡을 수 있던 거잖아. 사실 우리가 아무것도 하지 않아도, 소천마가 혼자서 종언을 막을 수 있는 것 아니야?"

"그녀에게 모든 부담을 지우고 싶지 않습니다."

"나도 그냥 하는 말이야. 만나본 적도 없는 소천마만 무조건 믿고 싶지는 않거든. 내가 직접 하고, 직접 봐야지. 분위기가 또 왜 이래? 그러니까 왜 쓸데없이 종언 얘기를 하고 지랄……."

"아."

스칼렛의 투덜거림이 끝나기 전에, 이성민은 머릿속에 번쩍

하고 떠오르는 것에 큰 소리를 냈다.

시선을 아래로 내리깔고서 복잡한 심경을 다스리고 있던 백소고가 화들짝 놀랐다.

"스피노자."

"뭐?"

"스피노자입니다. 사과나무를 심겠다고 한 사람의 이름."

"뭐 어쩌라고?"

"그냥…… 갑자기 떠올라서요."

"미친놈……."

"아하핫!"

테레사가 큰 소리로 웃었다.

스칼렛은 모닥불 너머에서 흑룡협과 이야기를 나누는 중인 테레사를 보며 눈썹을 일그러뜨렸다.

"대체 뭐가 웃겨서 저렇게 쪼개고 있는 거야?"

"의외로 유머러스한가 보죠."

"그래 봤자 고자잖아."

"그건 아직 확실하지 않은 것 아닙니까."

"그럴 확률이 높지. 그런데 말이야. 소천마는 어떻게 생각할까?"

"뭐 말입니까?"

"일부다처제 말이야."

"아직도 그 얘기입니까?"

이성민은 어이가 없어서 그렇게 물었다. 이번에도, 백소고
는 아닌 척 귀를 기울였다.

스칼렛은 진지한 표정으로 머리를 끄덕거렸다.

"잘 생각해 보니, 너보다 소천마의 의견이 중요한 것 같아서."

그러고 보니, 예전에도 위지호연과 이런 얘기를 한 적이 있
었다. 요정의 숲에서 나와 헤어지기 전에 나눈 이야기였다.

"……자기는 첫 번째니까 상관없다고 했습니다."

"첫 번째?"

"그게……."

"아, 됐어. 알겠어. 자기는 무조건 첫 번째라는 거지? 두 번
째 세 번째는 상관없고. 이거 참, 대단한 자신감이시네. 만나
본 적도 없지만 어떤 성격인지 딱 알겠어."

이 정도면 충분한 소득을 거두었다. 듣자 하니, 위지호연은
두 번째나 세 번째가 있어도 크게 신경 쓰지 않는 모양이었다.

스칼렛은 백소고를 향해 히죽 웃었다.

[두 번째가 있어도 괜찮대.]

[……그러니까, 저는 사제한테 그런 감정을…….]

[응, 아니야. 내가 보기엔 너 그런 감정을 가진 것 맞아.]

스칼렛은 더는 듣지 않고 백소고의 말을 잘라냈다. 그녀는
호리병의 술을 잔에 가득 부으며 흐뭇한 미소를 지었다.

"아, 술맛 좋다."

그녀는 기분 좋은 만족감을 느끼며 술잔의 술을 입안에 털어 넣었다.

[모르는 척하느라 고생했다.]

'모르는 척한 적은 없어.'

[직접 말하지도 않았잖나. 그냥 가만히 다물고 있었으면 모르는 척하는 거지.]

이성민은 허주가 이죽거리는 말에 대답하지 않았다.

잔치는 끝났다. 커다랗게 타올랐던 불은 자그마한 불씨가 되어 흔들렸고, 시끄럽게 떠들던 요정들도 자기들끼리 부둥켜안고 잠들었다.

창왕은 아직도 웅크려 자고 있었다. 만족스러운 표정으로 잠든 흑룡협의 근처에는 테레사가 이불을 덮고 새근거리며 잠들어 있었다.

술을 마시는 내내 노골적인 질문을 던지던 스칼렛은 마탑으로 돌아갔고, 백소고는 멀지 않은 곳에 누워 자고 있었다.

이성민은 무릎 위에 올라간 담요를 치워내며 몸을 일으켰다.

안다. 모를 리가 없다. 질문도 노골적이었고, 여태까지 보여주었던 행동들도 마찬가지였다. 앎에도 반응하지 않았다. 허주의 말대로, 모르는 척했다. 그럴 수밖에 없었다. 그럴 자격도 없다고 생각했고, 왜 나인가, 라는 생각도 들었다.

"오슬라 님."

이성민은 호숫가로 와서 요정의 여왕을 불렀다. 파티를 하는 동안에도 오슬라는 평소처럼 떠들지도 잘 웃지도 않았다. 조금 술을 홀짝거리다가 호수로 돌아 가버렸다.

이유는 알고 있었다. 이러니저러니 해도, 오슬라는 소멸한 정령의 여왕과 먼 옛날부터 알고 지내는 사이였다. 교류가 거의 없었다고는 해도 함께 수천 년을 살아온 동격의 존재가 소멸한 것이다.

"나는 아무렇지도 않아."

호수 표면에서 머리를 쏙 내민 오슬라가 투덜거렸다. 그녀의 눈시울은 조금 붉었다.

"그냥, 좀, 응. 허탈하고…… 허무하고…… 그런 생각이 들고 있는 것뿐이야. 너무 쉽게 가버렸잖아."

차라리 완전한 진흙탕 싸움이었다면. 싸우고, 발버둥 치고, 누구 하나 죽고, 그런 것이었다면 달랐을까.

정령 여왕의 소멸은 허무했다. 본래의 힘에 훨씬 못 미치는 힘을 가지고 강림한 탓에 싸우는 것도 어렵지 않았고, 그 마지막에는 신령이 개입하여 여왕의 존재를 완전히 소멸시켜 버렸다.

"나는 그게 무서워."

슬픔보다는 두려움이 더 큰 거야.

오슬라가 작은 목소리로 중얼거렸다. 그녀는 날개를 축 늘어뜨리고서 자신의 어깨를 감싸 안았다.

"이래 보여도, 나도 엄청 오래 살았어. 이 세상이 시작될 때부터 살아왔으니까…… 인제 와서 목숨이 아까운 것은 아니야. 그래도…… 너무 쉽잖아. 나라는 존재가, 내가 모르는 사이에 너무 쉽게 소멸하는 것이 두려워. 아무것도 하지 못하고 소멸하는 것이 너무 두려워."

그건, 모두가 똑같을 것이다. 신령이 개입한다면 저항할 새도 없이 소멸할 것이다.

신령이 그렇게 하지 않는 이유를 짐작할 수 없다는 것이 더 불안하다. 수확의 때가 되지 않아서? 도대체 뭘 더 하려는 것일까.

'너와 함께 있으면 개죽음이야.'

그렇게 이죽거리던 프라우의 말을 떠올렸다.

반박할 수가 없었다. 프라우는 이기적이고 옳았다. 세상이 멸망하지 않게 된다 해도, 정작 자기 자신이 죽어버린다면 무슨 의미가 있을까.

"그리고 불안해."

수면 밖으로 나온 오슬라가 호수 위에 섰다. 그녀는 하늘을 올려 보면서 어깨를 감싸 안던 손을 아래로 내렸다.

"사라헨느는 신령이 소멸시켰어. 하지만 왜 나는 소멸하지 않는 걸까. 너는? 다른 사람들은? 그럴 필요가 없어서?"

"무언가 이유가 있겠지요."

무의미한 일은 아닐 것이다. 무언가 이유가 있겠지.

오슬라는 무덤덤한 이성민의 얼굴을 힐긋거리며 물었다.

"너는 두렵지 않아?"

"두렵습니다."

"그런데 왜 포기하지 않아?"

"내가 포기하면, 여태까지의 모든 것들이 무의미하게 되어 버립니다."

오늘처럼 술을 진탕 마시며 웃고 떠드는 날을 또 맞이할 수 있을까. 죽은 사람 없이, 모두가 종언이 오지 않는 세상에서 살아남아서…….

그건 불가능하겠지. 너무 과한 욕심이다. 한 명도 죽지 않는 것은 말도 안 되는 일이다. 고작 그 정도라면 종언이라고 할 수도 없을 것이다. 누가 됐든, 희생은 있을 것이다.

그것을 자각하니 가슴이 욱신거렸다. 당연한 말이지만, 이성민은 누구도 죽지 않기를 바라였다.

그것이 불가능하다는 것을 알면서도.

이성민은 호수 근처에 쓰러져 있는 아이네에게 다가갔다.

그녀는 다루기 쉬운 포로였다. 이 숲으로 데리고 온 후로 한 번도 먹을 것과 마실 것을 주지 않았는데, 그럼에도 아이네는 잘 살아 있었다. 그리고 지금은 오슬라의 권능에 완전히 제압되어서 긴 잠에 빠져 있다.

"뭐 하려는 거야?"

"아무것도 안 합니다."

오슬라가 다가와 물었다.

이성민은 쓰러진 아이네의 몸을 발로 툭 건드려 돌렸다. 아이네의 가슴이 작게 들썩거리고 있었다.

오슬라는 아이네의 가슴을 내려 보는 이성민을 보며 불안한 표정을 지었다.

"……위험한 생각은 하지 마."

"가능성은 생각해 둬야죠."

"너도 알잖아. 네 몸은 한계야. 포식으로는 더 강해질 수가 없어."

"기존의 포식과는 경우가 다를지도 모릅니다."

"위험성이 너무 커."

"나는 재능이 없어요."

이제는 그 말을 함에도 씁쓸함이 없었다.

너무 당연한 사실이었다. 이만한 경지에 오르고, 강해질 수 있었던 것은 재능을 초월하는 운명과 타인의 도움, 가르침, 그 외에 여러 가지 조건이 있었기 때문이다.

"재능 없는 내가 이곳까지 올 수 있었던 가장 큰 이유는, 내가 최소한 이 정도의 힘은 갖추어야 한다는 운명을 지니고 있었기 때문입니다. 그리고 그 운명은 내가 학살포식을 소멸시키면서 함께 사라졌습니다. 지금의 나는 운명에 속해 있지 않으니, 운명의 노선을 따라 성장하는 것은 불가능합니다."

물론 그렇다고 해서 이성민이 성장할 여지가 없는 것은 아니다. 혈마가 말했듯, 이성민의 몸은 불완전하다. 무공의 경지와 몸뚱이가 균형을 이루지 않는다. 성장의 여지가 강제적으로 주어졌기에 이성민은 더 강해질 수가 있다.

경우가 다르다. 운명의 노선을 따랐을 때는 '무조건' 강해질 수밖에 없었다. 항상 극복할 수 있을 정도의 시련을 겪었다. 시련에 맞서면서 살기 위해 성장했다.

지금은 아니다. 운명에서 벗어났으니 그 편한 운명의 가호를 받을 수도 없다.

"당장 해볼 생각은 없습니다."

아이네를 포식하는 것은 위험성이 너무 크다. 자칫하면 한계에 닿은 이 몸뚱이가 붕괴할지도 모른다.

벌써 그런 모험을 하는 것은 위험하다.

'아직은.'

그래, 아직은.

지금 제니엘라는 어디에 있을까. 어쩌면 요정의 숲으로 진군하고 있을지도 모른다.

　　본래 이성민이 하고자 했던 것은 밤이 아닌 낮에 제니엘라를 습격하는 것이었다. 하지만 제니엘라가 가진 마안의 마지막 능력이 만월을 띄우는 것이라는 것을 알게 된 이상, 그런 식의 습격은 무의미해진다.

　　시간은 정하지 못해도 장소는 정할 수 있게 되었다.

　　요정의 숲은 오슬라의 영지다. 아이네를 포기하지 않는 제니엘라로서는 이 숲까지 올 수밖에 없다. 이곳에서 싸운다면 최소한의 승산을 더 챙길 수 있게 된다.

　　'부족해.'

　　할 수 있는 모든 수단을 강구해야 한다. 아이네를 포식할 여지를 남기는 것으로는 부족하다.

　　지금의 이성민이 제니엘라보다 압도적으로 나은 것. 그것은 속도다. 제니엘라가 아무리 빠르게 움직인다고 해봤자 요정마를 가지고 있는 이성민보다는 아니다.

　　다음 날.

이성민은 숙취로 고생하는 로이드와 스칼렛, 백소고의 협력을 얻어 트라비아로 향했다.

그가 하고자 하는 일은 트라비아의 대청소였다.

무당산에 왔을 때 제니엘라는 트라비아의 다른 뱀파이어들을 데리고 오지 않았다.

그녀와 함께 움직이고 있었던 것은 제미니, 첸, 쿤뿐이었다. 그렇다는 것은 다른 혈족들은 그대로 트라비아에 남아 있다는 말이다. 노리기 좋았다.

"어머."

머릿속에서 목소리가 사라진다. 제니엘라는 우두커니 서서 관자놀이에 손가락을 가져갔다.

그녀는 자신과 연결되어 있는 혈족들이 하나둘 사라지는 것을 보았다. 단순히 죽은 것이 아니다. 그런 것이라면 죽은 혈족들이 가진 힘이 제니엘라에게 환원되어야만 한다.

제니엘라는 양손을 들어 자신의 눈을 덮었다. 그녀의 시야가 트라비아에 있는 다른 뱀파이어와 연결되었다. 얼마 가지 않아 그 뱀파이어의 시야는 암전되었다.

그것으로 충분했다.

'봉인…… 그래. 그 방법이 있었지. 하지만 당신이라면 봉인하는 것보다 포식하는 것이 더 편하고 좋을 텐데?'

설마 인제 와서 포식이라는 행위를 하고 싶지 않아졌다는 것은 아니겠지. 그렇다는 것은, 포식하지 못할 이유가 있다는 것일까. 목소리는 계속해서 사라지고 있다.

제니엘라는 두 눈을 덮고 있는 손을 아래로 내리며 키득거리며 웃었다.

"왜 그래?"

제미니는 웃고 있는 제니엘라를 보며 머리를 갸웃거렸다.

"트라비아가 공격당하고 있어."

"귀창이야?"

"응. 정말이지, 여러모로 나를 짜증 나게 만드는걸. 이렇게 되면 협상할 마음도 없어지잖아."

처음부터 그럴 마음은 없었으면서. 제미니는 그런 생각을 하며 어깨를 으쓱거렸다.

"아무렇지도 않아?"

"내 자식들이 몰살당하고 있는데 아무렇지도 않을 리가 없잖아. 화가 많이 나."

"그런 것치고는 평온해 보이는군."

입을 다물고 있던 주원이 입을 열었다.

주원이 합류한 것은 며칠 전이었다. 남쪽의 깊은 숲에 틀어박혀 있던 주원은 다짜고짜 찾아온 제니엘라를 따라서 숲을 떠났다.

예전, 호원 세대의 강력했던 웨어베어인 브록과 함께 있는 것이 아닐까 싶었는데. 제니엘라가 주원을 만났을 때, 브록은 이미 주원의 배 속에 있었다.

"어차피 다 죽을 운명이었는걸."

제니엘라는 사라지는 목소리에 귀를 기울이는 것을 그만두었다. 아쉽고, 아깝고, 슬프고, 그런 기분이었다.

하지만 어쩔 수 없는 일이기도 했다. 저들의 죽음에 끔찍한 분노를 느낀다 한들, 이곳 남쪽에서 트라비아까지 이동하는 것은 불가능하다.

그렇다고 인제 와서 북상하자니 수개월은 걸릴 것이다.

"그것보다, 너는 괜찮아? 트라비아 다음에는 체페드일 걸. 그곳에는 네가 다스리는 라이칸슬로프들이 있잖아."

"그렇겠지."

주원이 머리를 끄덕거렸다.

"복수는 해줘야지."

주원은 먼 북쪽을 바라보면서 중얼거렸다.

예전, 호원이 라이칸슬로프의 두령이었을 때. 호원에게 도전한 주원은 그를 쓰러뜨리고, 잡아먹는 것으로 라이칸슬로프의 새로운 두령이 되었다.

그러자 호원의 심복이자 오랜 벗이었던 브록은 무리를 떠나 먼 곳으로 떠났고, 네로만이 주원의 곁에 남아 심복이 되어 주었다.

주원은 네로를 믿고 있었다. 그래서, 브록을 찾아 죽이러 가기 전에 체페드를 네로에게 맡겨두었다. 네로는…… 도시를 떠나지 않을 것이다.

주원은 쓸쓸한 미소를 지었다.

"오히려 의욕이 나지 않아?"

제니엘라가 빙글 웃으며 말했다. 머릿속에 목소리가 거의 남지 않았다. 제니엘라는 갑판 위에서 몸을 빙글 돌렸다.

짠 내 나는 바닷바람을 맡으며 그녀는 양 손바닥을 하늘 위로 두고서 천천히 팔을 들었다.

"정말 죽여 버리고 싶게 해주잖아."

쿠우웅……!

붉은 마력이 배를 휘감았다. 서해를 떠돌던 유령선은 볼란데르가 소멸했음에도 아직 남아 있었고, 게르무드 전투 때 살아남은 데스 나이트들도 이 유령선에 함께 있었다.

제니엘라는 유령선과 데스 나이트들을 거두었다. 그들뿐만이 아니다. 남쪽으로 내려오면서 프레데터 소속의 요괴 중 특히 강력한 놈들을 배에 태웠고, 아르베스와 김종현을 거쳐 지금은 주인이 없는 리치들까지 데리고 왔다.

'아이네.'

로브를 뒤집어쓴 리치들의 중앙에서, 프레스칸은 가슴에 손을 얹고서 결의를 다졌다.

'내 목숨과 바꿔서라도 너를 구하고 말리라.'

제니엘라의 마력에 휘감긴 배가 파도 위로 떠올랐다.

그녀는 양손을 천천히 앞으로 향하며 요정의 숲까지의 방향을 가늠했다.

"닷새 정도 걸릴까?"

예전, 이성민이 배를 타고 요정의 숲까지 향하는 것에는 한 달이 걸렸다. 단순한 배라면 그 정도 시간이 걸리는 것이 맞다. 하지만 이 배는 단순한 배가 아니다. 원래부터 파도나 바람과 상관없던 유령선이었는데, 거기에 제니엘라의 끝없는 마력까지 더해졌다.

하늘에 뜬 유령선이 바다를 가로질렀다.

6장
침략(1)

야나에게서 연락이 끊어졌다.

이미 야나가 말했던 보름은 지났다. 혹시 무슨 일이 벌어진 것이 아닐까. 마령과의 의식에서 대체 무슨 일이 벌어질 수 있단 말인가.

평소보다 의식이 길어지나? 하필 이런 때에? 아니면 누군가가 야나를 습격했나? 대체 누가, 어르무리 모든 요괴의 정점에 선 구미호 야나를 습격할 수 있단 말인가. 게다가 야나에게는 신호를 주고받을 수 있는 팔찌까지 주었다. 위험한 상황이라면 야나가 팔찌를 통해 알려왔을 것이다.

'그럴 틈도 없이 즉사…… 아니, 그럴 리는 없어.'

야나 정도의 요괴를 그렇게 제압할 수 있는 괴물은 존재하지 않는다.

제니엘라를 생각해 보았지만, 아무리 그녀가 강하다 해도 청명 때처럼 야나를 순식간에 죽이는 것은 불가능하다고 본다.

'마령과 만나는 일은 피하십시오.'
'절대로 그곳에 가지 마십시오.'
'마령과 만나게 된다면, 마령에 의해 강제적인 운명에 휘말리게 될지도 모릅니다.'

라플라스의 경고를 떠올린다.
마령을 믿지는 않는다. 마령은 마령정을 나올 수가 없다. 위지호연은 마령의 가호를 받고 있지만, 정작 마령은 휴젤 산맥의 마령정에서 나오지 않고 있을 것이다.
야나를 찾기 위해 마령정에 갈 수는 없었다. 어쩌면 그것이야말로 마령이 의도한 바일지도 모르는 일 아닌가.
그렇다고 다른 이에게 부탁해 마령정으로 가 야나가 어떤 상황인지 알아봐 달라고 할 수도 없었다. 그런 뭔지 모를 위험한 상황으로 밀어 넣고 싶지 않았다.
그럴 시간도 없었다.
제니엘라가 오고 있다.

서해를 가로지르고 있는 유령선에 대한 소문을 들었다. 붉은 안개에 휘감긴 유령선은 파도를 뛰어넘으며 무서운 속도로 서해를 횡단하고 있다고 했다.

그 기묘하고 우스꽝스러운 소문의 진의를 굳이 파악할 필요는 없었다. 유령선이라면 데스 나이트의 유령선이고, 붉은 안개라면……. 게다가 서해를 가로질러 도착하는 곳.

이성민은 양손으로 얼굴을 덮었다.

이곳뿐이다. 이곳, 요정의 숲은 항구 도시에서 그리 멀지 않다. 유령선에 대한 소문을 확인한 후 로이드에게 부탁해 그리에스를 사용했다.

소문대로였다. 제니엘라는 유령선에 있었다. 속도를 계산해 보면 이틀 뒤에는 제니엘라가 이 숲에 도착한다.

각오했던 일이다. 그나마 유리한 싸움터를 손에 넣기 위해 이 숲을 떠나지 않았다. 제니엘라를 이 숲으로 끌어들이기 위해 이 숲에 남았단 말이다.

이틀 뒤의 밤은 만월이다.

할 수 있는 모든 준비는 다 했다.

트라비아와 체페드를 습격했다.

트라비아의 뱀파이어들을 한곳에 모아다가 봉인했다. 대단찮은 봉인이었지만 그것으로 충분했다. 고작해야 일 년도 가지 못하는 봉인이라고 해도, 적어도 일 년 동안은 제니엘라가 휘하 혈족의 힘을 되돌려 받을 수 없게 되었다. 적어도, 그녀가 더 강해질 수는 없다는 말이다.

남궁희원과 지학을 끌어들여 볼까 생각했지만, 그만두었다. 청명이 제니엘라에게 허무하게 죽었다. 초월지경의 고수라고 해도 인외의 정점에 선 뱀파이어 퀸 앞에서는 무력하기 짝이 없다.

바로 어제. 제니엘라가 이쪽으로 오고 있다는 소문이 사실임을 확인하자마자, 시간의 신인 데니르를 만나러 갔었다. 다시 한번 정신세계의 수행을 부탁하기 위해서였다.

짧은 시간을 가장 효율적으로 쓰기 위해서는 찰나가 영겁처럼 흐르는 그 세계에서의 수행이 제격이었다. 하지만 데니르는 부탁을 들어주지 않았다. 들어줄 수 없다고 했다.

데니르의 권능으로 정신세계의 수행을 할 수 있는 것은 단한 번뿐이다. 아무리 매달려 봐야 정신세계로 한 번 더 들어가는 것은 불가능하다.

초조함, 불안, 공포. 이성민은 땀으로 축축한 손바닥을 쥐었다가 폈다.

정령의 여왕 때와는 다르다. 그녀와 싸웠을 적에는 이쪽이 반드시 유리한 전장을 준비할 수 있었다. 하지만 지금은? 무방비로 강림한 정령의 여왕과 만월의 때를 골라 습격해 오는 뱀파이어 퀸.

이성민은 제니엘라가 얼마나 강한 힘을 가지고 있는지 알고 있다. 그 강했던 사마련주조차도 제니엘라와 싸우면 승패를 알 수 없다고 했다. 검이라는 무기에 있어서 정점에 올랐을 검선도 제니엘라에게 살해당했다.

"사제."

아랫입술을 잘근잘근 씹었다. 머릿속으로 이미 몇 번이나 반복해 온 시뮬레이션을 돌린다.

제니엘라와 싸우게 되었을 때. 상대가 제니엘라 하나라면 모두가 힘을 합쳐서 합공할 수도 있겠지. 하지만 그런 형편 좋은 일은 일어나지 않을 것이다.

제니엘라는 혼자 오지 않았다. 제미니, 쿤, 첸, 주원…… 거기에 데스 나이트와 리치들.

우두머리가 없는 데스 나이트와 리치는 크게 신경 쓰지 않는다. 이쪽에는 언데드에게 천적인 테레사가 있다. 이미 테레사는 숲 외곽 전체에 결계를 쳐두었다. 그녀의 강력한 신성력이라면 침입한 언데드들을 재로 만들어 버릴 수 있다.

다행인 것은 트라비아와 체페드를 미리 정리해 두었다는 것. 라이칸슬로프와 뱀파이어의 증원은 없을 것이다. 트라비아에서는 다섯 번째 혈족인 라오셴을 봉인했고, 체페드에서는 네로를 죽였다. 증원은 없다.

승패는 이곳에서 갈린다.

"사제."

테레사의 결계를 십분 활용한다. 농성을 기본으로. 이 숲은 오슬라의 권능이 닿는다. 결계를 통과하는 과정에서 자잘한 언데드와 요괴들은 소멸할 것이다. 하지만 제니엘라는 건재하겠지.

상위 혈족, 첸과 쿤. 그들은 백소고와 흑룡협에게 부탁을 해 두었다. 창왕은 주원을 상대할 것이다. 로이드와 스칼렛은 숲에 깔아둔 마법 트랩을 활용하여 생존한 리치와 데스 나이트, 요괴를 견제한다.

제미니는 누가 막지? 내가?

"빌어먹을 년."

이성민은 머리카락을 부여잡으면서 욕설을 중얼거렸다.

제미니의 태도가 너무 애매하다. 그녀가 완전히 제니엘라를 배신하는 쪽으로 돌아섰다면, 조금 더 확실하게 그녀의 도움을 바랄 수 있을 텐데.

하지만 제미니의 태도는 언제나 애매했다. 백소고를 넘겨주고 제니엘라에 대한 정보를 알려주는 등의 행동을 하면서도 제니엘라를 완전히 배신하지는 않았다.

'제미니는 내가 막아야 해. 제니엘라는…… 제니엘라는? 속 전속결로 끝내고 제니엘라에게 가야 하나? 나 혼자, 아니, 오슬라 님이 제니엘라를 잠깐이나마 잡아준다면…… 그 뒤에

내가 합류해서. 그리고 다른 이들의 도움을 받는다면……'

모두가 각자의 싸움에서 반드시 승리하리라는 보장은?

첸과 쿤은 힘은 대단하지 않다. 어디까지나 이성민이 보기에는. 하지만 뱀파이어는 만월 아래에서 강해진다.

백소고와 흑룡협이 그들에게 패할 가능성은? 창왕이 주원에게 패할 가능성은? 스칼렛과 로이드가 언데드와 요괴의 진군을 가로막지 못한다면?

'내가 제미니에게 패배한다면?'

죽는다면.

전신 털이 곤두서는 것만 같은 기분이었다. 너와 함께 있으면 개죽음이라고, 프라우가 내뱉던 말이 머릿속을 맴돈다.

계란을 바위에 던진다면 계란은 반드시 박살 난다. '나'라는 변수로는 거대한 운명의 흐름을 완전히 바꿀 수 없다.

[진정해.]

허주의 목소리가 머릿속에서 쩌렁쩌렁 울렸다. 그럼에도 그 목소리를 신경 쓰지 못했다.

실패해서는 안 된다. 위지호연이 갇혀 있는 이상, 할 수 있는 것은 나뿐이다. 위지호연에게도 말하지 않았나. 나를 믿으라고.

[진정하라고, 이 병신 새끼야!]

허주가 고함을 질렀다.

[대체 같은 생각을 몇 번이나 할 셈이냐? 그딴 식으로 자기 자신에게 쓸데없는, 스스로 감당하지 못할 무게를 지우냐 말이다.]

나밖에 없으니까.

[실패하면, 뭐? 어쩔 수 없는 거지. 안 되겠다 싶으면 도망가면 된다. 살아만 있으면 다음을 도모할 수 있다고!]

그다음이 없다. 종언은 계속해서 다가오고 있다.

[이런, 씨발. 그딴 우울하고 절망스러운 마음이 뭐가 도움이 된다는 거냐?]

"도움이 돼."

이성민은 얼굴을 감싸고 있는 손을 아래로 내렸다.

"……필사적이게 만들어주니까."

쓸 수 있는 모든 수를 사용하게 해준다.

이성민은 천천히 머리를 돌렸다. 그는 곁에 앉아서 걱정 가득한 표정을 짓고 있는 백소고를 보았다.

"죄송합니다, 사저. 생각에 잠기느라 듣지를 못했어요."

"괜…… 찮은 거야? 사제, 얼굴이……."

"괜찮습니다."

이성민은 손을 들어 자신의 얼굴을 쓸어내렸다. 피부가 시체처럼 차가웠다.

"사저."

싸늘한 뺨을 어루만지며 백소고의 이름을 불렀다.

백소고는 지금 같은 상황에서 대체 무슨 말을 해야 할지 알 수가 없었다.

이성민뿐만이 아니었다. 스칼렛도 신경질적으로 돌아다니며 숲에 설치한 마법 트랩을 체크 하고 있었다. 숲 근처의 마탑에 있는 마법사들도 모조리 돌려보냈다.

테레사는 계속해서 기도하고 있었다. 이 세상에 존재하지도 않는, 그녀가 있던 세계에서 모셨던 신에게.

'아무도 죽지 않게 해주소서.'

'함께 위기를 극복하게 해주소서.'

흑룡협은 테레사의 곁을 지켰고, 로이드도 수척한 얼굴로 그리에스를 펼치고 닫는 것을 반복했다. 오직 창왕만이 제니엘라가 습격해 올 날을 기대하며 창을 닦고 있었다.

"도망치고 싶지 않습니까?"

그 질문에, 백소고는 홱 하고 머리를 돌렸다. 그녀는 흔들리지 않는 눈으로 이성민을 보았다.

"도망쳐서는 안 돼."

"그렇죠."

사실 백소고도 창왕과 크게 다르지는 않다. 그녀 역시 비틀려 망가져 있다.

창왕이 싸움에 미쳤다면 백소고는 자신이 품은 신념에 미쳤다. 물론 그녀도 두려움은 느낀다.

이성민은 자신의 품 안에 안겨서 울던 백소고의 목소리를 아직 기억하고 있었다. 하지만, 아무리 무섭다고 해도 백소고는 도망치지 않는다.

"그래도. 만약에, 도망칠 수 있고…… 도망쳐야 한다면, 도망치십시오."

"그럴 일 없어."

"나는 사저가 죽는 것을 보고 싶지 않습니다."

이성민은 그렇게 중얼거리며 웃으려 했다. 경직되어 잘 움직이지 않는 뺨 근육을 억지로 올려서, 입꼬리만 간신히 올려 웃었다.

"……사제. 지금이라도 도움을 청하면 안 될까? 무림맹이나, 마법사 길드에게……."

"도움이 안 됩니다."

재고할 가치도 없었다.

"무림맹이니 마법사 길드니. 당장 나 혼자서도 마음먹으면 전멸시키는 것이 가능해요. 하지 않을 뿐이지. 내가 지금 바로 요정마를 타고 크론으로 가면 하루 안에 그 도시를 점령할 수 있을 겁니다. 마법사 길드도 마찬가지고요."

"그래도……"

"게다가 그들이 알겠다고 협력하리란 보장도 없습니다. 세상이 내일 당장 멸망한다 해도 당장 자기 자신의 목숨이 소중한 사람도 있는 법 아닙니까."

"……그렇다고 해도, 대의를 위해 행동하는 사람도 있을 거야."

"그런 자들은 약하겠죠."

백소고는 뭐라 반박할 수가 없었다.

이성민은 하늘을 올려 보며 말했다.

"사저. 나는…… 이 숲에 모인 우리가, 종언을 막겠다는 대의로 모인 자 중 가장 뛰어난 정예라고 확신합니다. 이보다 더 뛰어날 수는 없어요. 적은 뱀파이어고, 언데드로 이루어진 인외의 군단입니다. 우리를 돕기 위해 온, 대의를 위해 행동하는 약자들은 뱀파이어가 되고 언데드가 되어 우리의 손에 죽게 될 겁니다."

뭐 같죠. 이성민은 큭큭 웃었다.

"나도 도망치지 않아요. 도망쳐서는 안 됩니다. 위지호연에게…… 날 믿으라고 했어요. 내가 할 수 있다고. 그러니까 해야 합니다. 지금은 나밖에 없습니다."

"……사제."

"저는 괜찮습니다."

이성민은 몸을 돌렸다.

"그러니까…… 더 걱정해 주지 않으셔도 됩니다."

백소고의 대답을 기다리지 않았다. 이성민은 무거운 걸음을 떼 그 자리를 떠났다. 차마 하지 못한 말이 가슴 속에서 맴돌았다.

'가장 두려운 건.'

이성민은 손을 들어 얼굴을 감쌌다.

죽는 것보다……. 만약, 제니엘라를 쓰러뜨리고. 그녀를 없애 버렸을 때. 거기서 다시…… 그 '다음'이 있지 않을까……그게 가장 두렵다.

이다음에는 도대체 뭐가 있을까. 이 세상을 멸망시키기 위해 또 뭐가 안배되어 있을까. 김종현, 학살포식, 던전, 정령의 여왕, 뱀파이어 퀸……. 그다음은 대체 뭘까.

진짜 마왕이라도 강림하는 것이 아닐까? 아니면 그냥, 대지진이나 화산, 홍수…… 이런 것으로 세상이 멸망하지 않을까. 만약 그런 대재앙이 세상을 멸망시키려 한다면, 대체 어떻게 그것을 막아야 할까.

[일어나지도 않은 일을 걱정하지 마라.]

허주가 짜증이 난 듯한 목소리로 내뱉었다.

하지만 정작 그렇게 말하는 허주도, 정말로 그렇게 되지 않을까 걱정하고 있었다.

쓸 수 있는 시간은 이틀. 이틀 동안 가부좌를 틀고 명상만 했다. 식사도 수면도 최소한으로 줄이고 쭉 명상했다. 이틀이라는 짧은 시간을 가장 효율적으로 쓰기 위해서였다.

지금의 이성민에게 있어서 몸을 직접 움직이는 것이나 대련 따위는 거의 도움이 되지 않는다. 목숨이 사라질지도 모르는 생사결? 제니엘라와의 대전을 앞두고서 그런 위험천만한 짓을 할 수도 없다.

익힌 무공을 모조리 점검해 보았다. 쓸 수 있는 모든 수를 써야 했다.

자하신공, 흑뢰번천, 혈환신마공, 구천무극창, 무영탈혼.

내공과 요력은 충분히 있다. 드래곤 로어와 괴력난신도 쓸 수 있다. 하지만 그것이 제니엘라에게 먹히기는 할까?

이성민이 전력으로 펼치는 로어와 괴력난신은 초절정고수라 해도 심맥을 터뜨려 죽일 정도로 강력하다.

그러나 제니엘라에게는 통하지 않을 것이다. 아주 잠깐, 움직임을 억제하는 정도는 가능할지도 모르겠지만. 만월의 밤에 제니엘라는 완전한 불사를 얻는다고 했다.

무극으로 될까? 초월자의 영체마저 소멸시키는 무극이다. 제대로 찌른다면…….

'제대로 찔렀어도 여왕을 소멸시키지 못했다.'

의식을 계속해서 궁지로 몰아세웠다. 생사결에서 이성민은 몇 번이나 살아남았고, 성장했다.

이성민이 가지고 있는 검은 심장은 위기의 순간 때마다 이성민을 살리기 위해 그의 몸을 진화시켜왔다.

'어쩌면 그것도 운명의 가호 때문이었을지도 모르지.'

그때의 이성민은 절대로 죽어서는 안 될 몸이었으니까.

하지만 지금은 다르다. 운명의 가호는 사라졌다.

10년 전에는…… 운명의 가호 덕을 많이 보았다. 지금 와서 생각해 보면, 항상 극복할 수 있을 정도의 위기만을 겪었다. 그런 위기 때마다 성장했고, 극복할 수 없는 위기는 어찌어찌 피해갔다.

하지만 지금은 아니다. 가호는 사라졌다. 여태까지와는 다르다. 죽을 수도 있다.

의식을 계속해서 몰아붙인다. 죽으면 끝. 위지호연과의 약속도 지킬 수 없고, 종언을 막기 위해 힘을 더해준 동료들도 죽을 것이다.

무력감과 공포. 절망…… 그 끄트머리에서 회상을 거듭했다. 여태까지 했던 싸움들. 그것을 모조리 다시 생각하면서 혹시 모를 희망에 매달렸다.

이런 궁지의 상황. 계속해서 하는 명상. 필사적으로, 했던 싸움의 기억을 더듬으면서…….

어쩌면 이것으로 그때 알아차리지 못하고 스쳐 보냈던 깨달음 같은 것을 떠올려서 환골탈태할 수 있지 않을까.

환골탈태를 하면 제니엘라와 싸워 볼 수 있을 것이다. 육체와 무공의 불균형. 그것을 환골탈태로 맞추면…….

"가능할 리가 없지."

왔다.

이성민은 눈을 떴다. 그는 천천히 몸을 일으키며 씁쓸한 표정을 지었다. 이틀의 명상으로 환골탈태? 말이 되는 소리를 해라.

정말 세상에 다시 없을 천재 중의 천재가 아닌 이상 그런 말도 안 되는 기적은 일어나지 않는다. 잘 쳐줘야 범재인 이성민에게 그런 기적은 일어나지 않는다.

아무리 의식을 궁지로 몰아넣어도, 아무리 필사적으로 애를 써보아도. 그런 것으로 각성하고 깨달음을 얻고 환골탈태해서 이전보다 강해지는 일은 일어나지 않는다.

"달이 밝네."

호수의 중앙에 만월이 비치고 있었다. 오슬라는 그 만월을 올려 보며 씁쓸한 표정을 지었다.

이성민은 오슬라에게 꾸벅 머리를 숙였다.

"……죄송합니다."

"말했잖아, 여기서 싸우는 것이 가장 낫다고."

"다른 요정들은 어디에 있습니까?"

"호수 안에."

보기 좋은 광경이 나오지는 않을 테니까. 오슬라는 그렇게 덧붙이면서 이성민에게 다가왔다.

그녀는 창백하게 질린 이성민의 얼굴을 안쓰러운 눈으로 보다가, 손을 들어 이성민의 머리 위에 두었다.

"가호를 내려줄게. 지난번과 마찬가지로, 뱀파이어 퀸의 정신 공격에서 너를 보호해 줄 거야."

"감사합니다."

"죽지 마."

이리 와. 오슬라가 양팔을 벌려 이성민의 머리를 끌어안았다.

"……정말, 죽으면 안 돼. 알았지? 너는 련주의 제자야. 련주가 너를 위해 죽었다고는 생각하지 않지만…… 련주의 모든 것을 계승한 너마저 죽는다면, 나는 굉장히 슬플 것 같아."

"……예."

"최악의 상황이 된다면 도망쳐도 돼. 어차피 뱀파이어 퀸은 나를 죽이지 못해. 이곳이 폐허가 된다 해도 상관없어. 내가 살아 있는 한 이 숲은 무한히 되살아나."

"알겠습니다."

오슬라에게는 진심으로 감사를 느끼고 있었다. 그녀는 오랜 약속을 어기면서까지 이성민을 도왔다.

종언을 바꾸지 못한다면, 이성민을 포함한 모두는 그냥 죽을 뿐이다. 하지만 오슬라는 아니다. 초월자인 그녀는 죽지도 못하고, 약속을 어긴 죗값으로 영겁의 세월 동안 고통받아야 한다.

이성민은 오슬라의 뒤쪽에 있는 아이네를 힐끗 보았다. 나무 넝쿨에 휘감긴 그녀는 여전히 눈을 감고 있었다. 그리고, 앞으로도 눈을 뜰 일은 없을 것이다.

"······알고 있어."

이성민이 아이네를 보고 있는 것을 느낀 오슬라가 살짝 머리를 끄덕거렸다.

호수 밖에는 일행이 모여 있었다.

스칼렛은 다크서클이 진한 눈에 화려한 로브를 입고 있었다.

장식이 추가된 장갑에 여태까지 쓰지 않은 스태프도 쥐었고, 다섯 권의 마도서는 스칼렛의 주변을 맴돌고 있었다. 귀걸이와 목걸이, 팔찌, 반지, 벨트, 신발까지. 하나만 해도 화려한 것들을 덕지덕지 휘감은 그녀는 온갖 장신구를 알몸에 두르고 있던 프라우를 연상시켰다.

단순히 화려하기만 한 것은 아니었다. 스칼렛이 두른 장신구들은 모두가 높은 가치를 가진 아티펙트였다.

아무리 그래도 너무 과한 것이 아닐까 싶어서 쳐다보자, 스칼렛이 두 눈에 쌍심지를 켜고 내뱉었다.

"죽을지도 모르니 예쁜 옷을 입은 것뿐이야."

"그게 예쁜 옷입니까?"

"관에 들어갈 고운 죽음을 맞이할 것 같지도 않고. 여태까지 이런 옷차림을 해본 적이 없으니까 덕지덕지 붙였지. 어때?"

"과하네요."

"마지막일지도 모르니까 잘 어울립니다, 예쁘네요. 이런 말 좀 해주면 덧나?"

"마지막이라 생각 안 하니까 그렇게 말 안 하는 겁니다."

이성민의 말에 스칼렛이 복잡한 표정을 지었다. 그녀는 로브의 모자를 눌러쓰면서 피식 웃었다.

"그래. 마지막이 아니지."

백소고는 평소와 다름없는 무복을 입고 있었다.

그녀의 뺨 역시 긴장으로 굳어 있었지만, 두려움이 아닌 신념으로 두 눈을 빛내고 있었다.

이성민은 이틀 전에 그녀와 나눈 이야기를 떠올렸다. 도망치지 않겠다는 말. 이성민은 백소고의 그런 강함이 부러웠다.

"뭔가 얻었나?"

창왕이 물었다. 일행 중에서 그만이 기쁨과 기대를 가지고 있었다.

이성민은 들뜬 목소리로 묻는 창왕의 질문에 머리를 가로저었다.

"야나는 여전히 연락이 없는 모양이군."

"예."

"도망친 건 아닐 테고."

"그럴 리는 없습니다."

흑룡협은 하얗게 질린 얼굴로 로자리오를 움켜쥐고 있는 테레사의 곁에 서 있었다. 며칠 전 술자리 이후로 둘은 부쩍 가까워졌다.

"……오고 있어요."

테레사가 작은 목소리로 중얼거렸다. 바로 코앞까지. 테레사는 그렇게 덧붙이며 꿀꺽 침을 삼켰다.

숲 전체에 두른 신성력의 결계가 지척까지 다가온 불길함을 감지하고 있었다.

"테레사 님은 이곳에서 나오지 마십시오. 어떻게든 결계를 유지하는 것에 최선을 다해주세요."

"예…… 예."

"로이드 님은 어디에 있습니까?"

"결계 근처에 설치한 마법을 확인하고 있어. 나도 곧 가야 해."

스칼렛은 손에 쥔 스태프를 꽉 쥐었다. 무엇을 해야 할지는 이미 알고 있다.

쿠우웅!

숲 전체가 흔들렸다. 테레사가 헉하고 숨을 삼키며 휘청거렸다. 흑룡협은 급히 손을 뻗어 테레사를 부축했다.

"왔어요……!"

테레사는 흑룡협의 부축을 거절하고서 그 자리에 무릎을 꿇고 앉았다. 이 장소가 그녀가 설치한 결계의 중심이었다.

로자리오를 양손으로 잡은 테레사는 두 눈을 감고 기도문을 외웠다. 눈 부신 빛이 테레사의 몸을 휘감았다. 빛이 밤의 어둠을 밝힌다.

이성민은 그 빛을 피해 몇 걸음 뒤로 물러섰다.

"버틸게요, 버텨야…… 버텨야 해……."

테레사가 간절한 목소리로 중얼거렸다.

빛이 더욱 강해지더니, 숲의 바깥에서 환한 빛이 터졌다. 결계를 유지하고 있는 신성력이 증폭되었다. 달이 뜬 밤인데도 숲의 바깥은 대낮처럼 환했다.

'루비아 님도 이곳에 남는 게 어떠십니까?'

[당신과 함께 있겠어요.]

루비아는 고민 없이 대답했다.

'저와 함께 있다고 해서 안전하지는 않을 겁니다.'

[알아요. 내가 도움이 안 된다고 생각하죠? 그야…… 싸움에서는 별 도움이 안 될 거예요. 하지만 나도 할 수 있는 일이 있어요.]

루비아가 떨리는 목소리로 대답했다. 가야겠어. 스칼렛이 획 하고 몸을 돌렸다.

"이번 싸움이 끝나면……."

"괜한 말 하지 마. 그런 말 들으면 오히려 마음이 느슨해져. 소설에서도 그런 말 하면 꼭 누가 죽더라."

스칼렛은 그렇게 말하면서 부유 마법으로 몸을 띄웠다.

"갈게."

갔다 올게, 라는 말은 하지 않았다. 스칼렛은 띄운 몸을 가속하며 빛이 밝은 곳으로 나아갔다.

창왕이 창을 꽉 쥐고서 몸을 일으켰다.

"오늘은 멋진 날이야."

창왕이 히죽 웃으면서 땅을 박찼다.

흑룡협은 무릎 꿇고 앉아 기도를 올리는 테레사를 경외감에 찬 눈으로 보았다. 그는 테레사를 향해 꾸벅 묵례하고서 몸을 돌렸다.

"솔직히, 목숨까지 바쳐가며 싸우고 싶지는 않아."

"도망칠 겁니까?"

"그러기에는 너무 늦었지. 자네 혼자뿐이라면 도망쳤겠지만……. 이제는 도망칠 수 없는 이유가 생겼어."

"나이 생각을 하십시오."

예전에는 그런 것이 아니라 발뺌했었지만, 지금의 흑룡협은 그러지 않았다. 그는 테레사를 향해 빙긋 웃으며 머리를 끄덕거렸다.

"그런 것을 신경 쓰기에는 너무 빠져 버렸군."

"그러고 보니…… 궁금한 것이 있습니다."

"뭔가?"

"반인반룡은 고자입니까?"

그 말에 흑룡협이 어처구니가 없다는 표정으로 이성민을 돌아보았다. 뭐라 말을 하기 위해 입꼬리를 씰룩거리던 흑룡협은, 표정을 가다듬은 뒤에 머리를 흔들었다.

"아닐세."

"그렇군요."

"왜 그딴 것을 묻는 건가?"

"노새가 고자라……."

"내가 노새로 보이나?"

"저 말고, 스칼렛 님이 궁금해하신 겁니다."

"하여튼 마법사들이란……!"

흑룡협은 역정을 내며 홱 하고 몸을 돌렸다.

흑룡협마저 떠나자 백소고만이 남았다. 그녀는 양손을 뻗어 이성민의 어깨를 잡았다.

"아무도 죽지 않을 거야."

그 말에 이성민은 대답하지 않았다.

"사제 혼자서 모든 것을 짊어지려 하지 마. 우리가 있고…… 내가 있어. 최대한 빨리 끝내고 사제를 도우러 올게. 그러니까…… 알았지? 너무 무리하지는 마."

"알겠습니다."

무리해야 한다. 무리하지 않고서는 이 난국을 헤쳐 나갈 수가 없다. 쓸 수 있는 모든 수단은 다 사용해야 한다.

아무리 위험한 일이라도 해야만 했다. 다행히, 이곳에는 오슬라가 있었다. 요괴의 변이마저 일시적으로 억누르는 것이 가능했던 오슬라가 함께 있다니 행운이었다.

이틀의 명상은 기적을 만들어내지 않았다. 그렇다면 직접 기적을 만들어야만 했다.

제니엘라를 이곳으로 끌어들이고, 도망치지 않은 이상 협상은 함정으로 바뀌었다. 제니엘라도 그것을 알기에 군단을 이끌고 이 숲을 침략했다.

백소고마저 떠났다. 이성민은 기도하고 있는 오슬라를 피해 호수 쪽으로 돌아갔다.

그곳에는 오슬라가 기다리고 있었다. 이성민은 오슬라와 시선을 교환하고서 아이네를 향해 다가갔다.

넝쿨에 속박되어 있는 아이네를 본다. 그녀에게는 아무런 감정도 가지고 있지 않다. 같은 심장을 가진 것에 대한 동질감? 그런 것도 이제는 남아 있지 않다. 아이네는 괴물이었다. 태어났을 때부터 쭉, 그녀는 괴물이었다.

여태까지 아이네가 얼마나 많은 존재를 잡아먹어 왔는지는 모른다. 앞으로도 그것에 대해서는 생각하지 않을 것이다.

이성민은 넝쿨에 속박된 괴물을 향해 손을 뻗었다.

이제는 그가 괴물이 되어야만 했다.

아마, 아이네는 죽었을 것이다.

죽이지 않을 이유가 없다. 납치해 이곳에 데려다 놓고, 이쪽으로 오게 해서…….

'서로 힘을 합쳐 세상을 멸망시킵시다. 당신이 이 꼬마 키메라를 학살포식으로 만드는 것을 돕겠습니다.' 라고 말할 리가 없지 않은가. 놈들은 아이네를 돌려줄 마음이 없다. 그를 짐작하고 있음에도 제니엘라는 이곳까지 올 수밖에 없었다.

제니엘라는 미래안을 상실했다.

그녀는 더 이상 앞으로 일어날 미래를 보지 못한다. 납치된 아이네가 죽었는지, 살았는지를 확인하려면 이곳까지 와서 직접 봐야 한다.

'예전에 죽일 걸 그랬나.'

제니엘라는 뱃머리의 끝에 서 있다.

썩어 문드러진 마스트 위, 누더기를 엮어 만든 돛 너머로 커다란 보름달이 떠 있었다.

서해를 가로지른 배는 제니엘라의 마력으로 밤하늘을 날고 있다. 그녀는 아래에 펼쳐진 요정의 숲을 보았다. 달빛보다 훨씬 밝은 결계의 빛이 밤의 어둠을 집어삼켰다.

뱀파이어인 제니엘라는 빛 너머에 있는 숲의 풍경을 볼 수가 없었다.

예전에 죽였더라면. 그런 후회를 하려다가, 그만두었다. 아직 끝나지 않았다. 아이네를 학살포식으로 만들 생각이었는데. 정작 아이네가 죽었다면…….

'애걸하게 만드는 것도 재미있을 것 같아.'

제발 뱀파이어로 만들어달라는 절규가 듣고 싶어졌다.

"충분히 많이 봐주었으니까."

죽일 기회는 얼마든지 있었다. 죽이지 않았던 것은 직시의 마안으로 볼 수 없었다는 호기심, 충분히 절망시킨 뒤에 혈족으로 삼고 싶다는 욕심 때문이었다.

그 때문일까. 아무래도 너무 우습게 보인 모양이었다. 적당히 호의를 가지고, 많이 봐주기는 했지만……. 아이네를 납치한 것은 너무 극단적인 행동이었다. 생각대로 되지 않았다는 것에 화가 났다. 만월의 밤을 고른 것은 그 때문이었다.

제니엘라는 빙그레 웃으면서 숲을 향해 손을 뻗었다. 아이네를 납치하는 강수까지 두면서 그들은 이곳을 결전의 장소로 삼았다. 어떤 준비를 하고 기다리고 있을지 궁금증이 일었다. 우선 저 거추장스러운 결계를 돌파해야 한다.

키이잉!

유령선을 휘감은 제니엘라의 마력이 더욱 진해졌다.

"……웃……!"

테레사가 헉하고 숨을 삼켰다. 그녀는 두 눈을 질끈 감고서 로자리오를 더 강하게 움켜쥐었다.

꽉 감은 눈이 보는 것은 어둠이 아닌 환한 빛이었다. 테레사가 무릎을 꿇고 앉은 자리에 그려진 마법진이 빛을 발했다. 스칼렛이 그려준 이 마법진은, 테레사가 내뿜는 신성력을 숲을 둘러싼 결계로 전달한다.

테레사는 가슴 속이 진탕되는 것을 느끼며 더욱 정신을 집중했다.

"버텨?"

제니엘라의 입꼬리가 씰룩거리며 올라갔다.

저 강력한 신성력은 닿는 것만으로도 제니엘라의 마력을 소멸시키고 있었다. 단번에 뚫고 들어갈 생각이었는데, 생각처럼 쉽지는 않았다.

그렇다고 난감함을 느끼지는 않았다. 오늘이 만월의 밤이 아니었어도, 이 정도 결계는 쉽사리 찢고 들어갈 수 있을 것이다.

로이드와 스칼렛은 각자의 자리에서 숲의 상공을 보았다. 눈부신 결계 너머로 유령선이 밀고 들어오는 것이 보였다.

"무식한 년."

스칼렛은 그렇게 내뱉으면서 입술을 짓이겨 씹었다. 본래는 결계를 통해 자잘한 언데드들을 걸러낼 생각이었는데, 설마 저런 무식한 방법으로 밀고 들어올 것이라고는 생각하지 못했다.

'아니, 보기에는 무식해 보여도 현명한 방법이지.'

[배를 부숴야겠네.]

로이드의 텔레파시에 스칼렛은 머리를 끄덕거리며 마법을 준비했다.

이 넓은 숲에서 이 지역은 스칼렛이 삼은 영지였다. 바닥에는 복잡하게 그려놓은 마법진들이 얽혀 있다. 숲에 넘치는 마력의 흐름 일부를 강제로 틀어서 이쪽으로 모아두었다.

스칼렛은 양손을 활짝 펼쳐 결계를 뚫고 들어오는 배를 향해 겨누었다. 움직인 손가락이 허공에 룬문자를 적었다. 그녀의 주변을 떠다니는 마도서들도 활짝 펼쳐졌다.

포격이 시작되었다. 결계 안에서 쏟아진 마법 공격은 가로막히지 않고 신성력의 결계를 통과했다.

콰아앙!

포격에 얻어맞은 유령선이 뒤흔들렸다.

"퀸, 마법입니다."

"알아."

다가온 리치가 웅얼거렸다. 아크 리치는 아니었지만, 그래도 모인 리치 중에서 가장 뛰어난 놈이었다.

제니엘라는 뻗은 손을 더욱 아래로 내리면서 명령했다.

"대응해."

리치들이 한 곳에 모였다. 그들은 각자의 방식으로 주문을 외었다. 리치들이 숭배하는 마왕들이 차원 너머에서 흑마력을 보태주었다.

기기기깅.

유령선의 주변에 수십 종류의 마법진이 만들어졌다. 리치들이 만들어낸 마법을 스칼렛과 로이드의 마법이 요격했다.

제니엘라의 두 눈이 빙글 휘어졌다.

'안 돼……!'

억지로 버틴다면 더 가능은 하겠지만, 어디까지나 시간 벌기밖에 안 된다.

테레사는 아랫입술을 잘근 씹으며 감고 있던 눈을 떴다.

결계가 흩어졌다. 이 한 번에 전력을 쏟아서는 안 된다. 테레사는 숨을 몰아쉬며 다시 눈을 감았다.

결계를 뚫고 들어온 유령선이 숲으로 추락했다. 스칼렛은 포격을 멈추고서 유령선이 떨어지는 위치를 확인했다.

버티지 못하고 결계가 박살 난 것이 아니다. 테레사가 결계로 저항하기를 포기한 것이다.

[죄송해요, 제가 더 버텼어야 했는데…….]

[아니다. 더 버텨봤자 시간 끌기밖에 안 되었어. 우선 저 껄끄러운
배에서 언데드들을 내리게 하는 것이 먼저다.]

헐떡거리는 테레사의 말에 로이드가 달래며 대답해 주었다.
스칼렛은 미리 준비해 두었던 마법을 펼쳤다.

로이드도 마찬가지였다. 숲 전역에 심어놓은 사역마와 관측
안이 유령선이 있는 곳에서 어떤 일이 일어나고 있는지를 보여
주었다.

"다 죽이면 되나?"

"기왕이면 사로잡도록 해. 정 안 되겠으면 죽이고."

"귀창은?"

"내 거야."

주원은 제니엘라의 대답에 토를 달지 않았다. 그는 머리를
끄덕거리면서 주변을 둘러보았다. 숲에 흩어져 있는 존재들을
쫓는다.

'여기다.'

목소리가 들린 것은 아니었다. 하지만 주원은 만약 이 기운
이 목소리라면, 그런 말을 하고 있을 것이라 생각했다.

숲에 흩어진 기운 중 하나가 굉장히 노골적이었다. 누구나
알 수 있을 정도로 호승심 가득한 투기를 내뿜으며 이쪽으로

오라고 유혹하고 있다. 호전적인 것뿐만이 아니었다. 귀창을 제외한다면 그쪽에서 느껴지는 기운이 가장 강했다.

"음."

그쪽으로 향해 몸을 돌리다가, 주원의 몸이 움찔 멈추었다. 그는 머리를 돌려 어떤 방향을 바라보았다.

잠깐 그 방향을 보던 주원이 아쉬움에 혀를 찼다. 귀창이 있는 방향이었다.

놈의 기운이…… 순간적으로 폭발했다. 그 직후에 빠르게 갈무리되었지만, 순간이나마 느꼈던 기운은 이쪽으로 오라 유혹하는 호전적인 놈을 아득히 넘어서고 있었다. 귀창에게로 가고 싶다는 욕심이 들었지만, 주원은 제니엘라의 말을 거역하지 않았다.

제니엘라는 멀어지는 주원의 등을 확인하면서 머리를 돌렸다. 그녀는 주원이 보았던 곳과 똑같은 방향을 보았다.

"그렇구나."

제니엘라는 작은 목소리로 중얼거리며 히죽 웃었다.

"첸, 쿤. 너희도 따라올 필요는 없어. 흩어져서, 사로잡을 수 있으면 사로잡아. 죽일 수밖에 없다면 죽이도록 하고. 하지만…… 만약 그렇게 된다면, 내가 너희들에게 실망하게 될 거야."

제니엘라가 어떤 생각을 하고, 무엇을 하려는지 둘도 느끼고 있었다. 퀸을 실망시켜서는 안 된다.

두 뱀파이어는 뻣뻣하게 굳은 얼굴을 꾸벅 숙이며 뒤로 물러섰다. 그 둘마저 이동하자, 제니엘라는 배에서 내린 데스 나이트와 요괴, 리치들을 둘러보았다.

"너희에게 내릴 명령도 똑같아. 사로잡아 와. 팔다리 다 잘려 있어도 좋으니까, 목숨은 붙여서. 알겠지? 죽여서는 안 돼. 그러면 너희가 나에게 죽어."

명령의 내용이 다르지만, 그들은 제니엘라가 진정으로 바라는 것이 적들을 생포하는 것이란 정도는 이해하고 있었다.

모두가 명령을 수행하기 위해 떠났고, 제미니만이 남았다. 제미니는 제니엘라를 보면서 히죽 웃었다.

"나한테는 무슨 명령을 할 거야?"

"너에게는 아무 명령도 하지 않아."

제니엘라는 그렇게 말하면서 호수를 향해 움직였다.

"따라오고 싶으면 따라와. 그것 말고 하고 싶은 일이 있다면, 네 마음대로 해."

"따라갈래. 그쪽이 재미있을 게 분명하니까. 응, 퀸. 하나 물어봐도 돼?"

"물어봐."

"오늘 몇 번이나 죽을 것 같아?"

제미니가 송곳니를 드러내며 웃었다. 그 말에 제니엘라가 어깨를 살짝 들썩거리며 웃었다.

크고 환히 뜬 보름달이 그녀의 기분을 고양시키고 있었다.

본래부터 끝을 알 수 없을 정도로 넘치던 마력은 만월의 가호 덕에 무한대에 가깝게 증폭되었고, 흡혈 충동은 송곳니를 간지럽게 만들고 목 안을 바짝 마르게 했다.

"아까는 한 번도 죽지 않을 것이라고 생각했는데, 지금은 잘 모르겠어."

그래서 더욱 기대되고, 즐거웠다.

"제대로 왔다."

주원은 걸음을 멈추었다.

그를 이곳까지 불러들인 상대는 숨지도 않고 커다란 바위 위에 양반다리를 하고 앉아 있었다.

바위 아래에는 몇 병의 술병이 비어서 데굴데굴 굴러다녔다. 창왕은 들고 있던 술병의 술을 입안에 쏟아부으며 비틀비틀 몸을 일으켰다.

"10년도 전에, 북쪽의 숲에서 처음 봤을 때부터 네놈과 싸울 날을 기다리고 있었지."

주원은 대답하지 않고서 창왕을 보았다. 창왕은 발개진 뺨을 손바닥으로 툭툭 두드리며 히죽 웃었다.

"괜찮아, 괜찮아. 이 정도 취기 따윈."

내공으로 취기를 모조리 증발시킨 창왕은 쭉 기지개를 켰다.

"기다리는 것이 지루하고 설레어서, 어떻게든 시간을 죽이기 위해 마셨을 뿐이다."

"난 널 사로잡을 셈이다."

주원은 창왕의 말을 듣고서 손을 들어 올렸다. 우둑, 소리를 내며 꺾인 손가락에 핏줄이 굵었다. 구부러진 손톱의 끝은 독기에 물들어 검은색이었다.

"죽이는 것이 편하겠지만, 제니엘라가 그를 바라지 않더군."

"그래? 나는 너를 죽일 생각인데."

창왕은 껄껄 웃으면서 등 뒤에 걸치고 있던 창을 뽑아 쥐었다. 창끝을 곧추세우고 주원을 겨눈다. 적당히 낮춘 무릎은 언제고 앞으로 튀어나갈 준비를 갖추었다.

창왕은 주원의 두 눈을 마주 보며 오싹한 소름과 미쳐 버릴 것 같은 기대와 즐거움을 함께 느꼈다. 정령의 여왕과 대치했을 때보다 지금이 훨씬 더 긴장되고 좋았다.

"사로잡겠다는 안일한 생각은 안 하는 것이 좋을 거야. 그랬다가는 죽을 테니까."

"사정이 여의치 않으면 죽일 생각이긴 해."

"그렇다면 처음부터 날 죽일 생각으로 덤벼."

이름이 뭐냐? 창왕이 물었다.

"주원."

예전에 버린 광랑이라는 이름을 대지는 않았다.

주원의 마른 몸에서 근육이 부풀어 올랐다. 보름달의 축복을 받는 것은 뱀파이어뿐만이 아니다. 억눌러 놓은 흉포함이 깨어나려 들었다.

"나는 창왕이다."

창왕은 이름을 대지 않았다. 그 별호가 그에게 있어서는 이름보다 값지고 의미 있는 것이었다.

둘 중 누가 먼저 움직인 것은 아니었다. 주원과 창왕의 모습이 사라진 것은 동시였다.

서로의 틈을 노리고 땅을 박찼다. 고속으로 달리든 주원은 독기에 물든 손톱을 주저 없이 창왕을 향해 휘둘렀고, 앞으로 내달린 창왕은 공기를 찢는 손톱을 향해 창을 찔렀다.

팔과 창이 얽혔다. 주원의 손톱은 허공을 움켜쥐었고 창왕은 굽힌 다리에 힘을 주어 공격의 무게를 견뎌냈다.

창왕의 창이 둘로 나뉘었다. 오른손으로만 쥔 창은 주원의 힘을 견디지 못하고 기우뚱 무너졌지만, 창왕의 왼손이 쥔 단창은 그 순간에 주원의 가슴을 찔렀다.

창끝이 가슴팍에 닿는 순간 주원은 활짝 펼친 왼손을 앞으로 뻗었다. 회전이 가미된 창이 주원의 왼손으로 빨려 들어갔다.

꽈드드득!

창왕의 단창은 주원의 손바닥을 갈기갈기 찢었지만, 뼈를 박살 내지는 못했다.

날뛰는 창이 주원의 손에 단단히 잡혔다. 창왕은 그 즉시 단창을 놓고서 양손으로 창을 쥐었다.

꽈지직!

바짝 붙어 찌른 창이 주원의 가슴을 쑤시고 들어갔다. 창왕은 창을 끝까지 밀어 넣지 않았다. 불사에 가까운 괴물을 상대로 이런 공격이 큰 의미가 없음을 알았기 때문이다.

콰앙!

주원의 가슴에 박힌 창이 폭발했다. 강기를 힘껏 불어넣어 폭발시켰지만, 주원은 큰 상처를 입지 않았다. 주원이 가슴에 박힌 창의 끄트머리를 뽑고 연기 속에서 걸어 나왔을 때, 창왕은 새로운 창을 꺼냈다.

"창왕이라더니, 도끼도 쓸 줄 아나?"

"이건 그냥 도끼가 아니다, 이 무식한 짐승아."

창왕은 끌끌 혀를 차면서 꺼낸 창을 양손으로 잡았다.

"도끼 창이라고 하는 거지."

으스대는 창왕에게 주원은 아무 말도 해주지 않았다. 창왕은 도끼 창을 앞으로 내밀며 주원과의 거리를 가늠했다.

창왕은 좋은 무기를 사용하지 않는다. 이성민처럼 드래곤을 소재로 만든 창은커녕 오리하르콘으로 제련한 창 한 자루조차 가지고 있지 않다. 그에게 있어서 무기라는 것은 쉽게 쓰고 언제든 부러지거나 날이 빠져 망가지는 소모품이었다.

큼직한 도끼날이 달렸다고 해도 다루는 것에 자신이 없지는 않았다. 가진 별호답게 창이라는 무기를 완벽하게 다룰 자신이 있었고, 도끼날이 달렸다고 해도 그가 쥔 것은 창이었다. 사용법이 다르다는 것은 인지하고 있다. 도끼날이 달렸다면 도끼날을 활용해야 한다.

창왕은 공중으로 도약해 주원의 머리 위로 떨어졌다. 전력을 실어 주원의 머리 위로 도끼를 내리찍었다.

창왕의 맹공에 주원이 택한 방법은 간단했다. 근육이 부풀어 두꺼워진 팔이 위로 들렸다.

콰직!

창왕이 내리찍은 도끼가 주원의 팔을 잘라냈다. 도끼를 멈출 생각은 없었다. 주원이 노린 것은 창왕의 몸이었다.

창왕에게 있어서 창이 소모품이듯, 주원은 자신의 몸을 소모품으로 쓰고 있었다. 불사에 가까워진 육체는 부러지고 잘려도 순식간에 재생한다.

창왕은 주원이 팔 하나를 그런 식으로 버리는 것에 당황하지 않고, 주원이 휘두른 손톱이 복부를 찢기 전에 허공을 박차고 뒤로 뛰었다.

양손으로 쥔 도끼 창이 아래를 휩쓸었다. 강기에 뒤덮인 도끼날이 광풍을 일으켰다.

쿠우웅!

주원이 오른발을 들어 땅을 내리찍었다. 일어난 광풍이 한 번의 발걸음으로 소멸했다.

조금 거리를 두고서 떨어진 창왕이 다시 달렸다. 옆으로 누운 도끼날이 횡으로 움직였다.

꽈지직.

창왕의 도끼가 주원의 옆구리를 깊숙이 찢었다.

'양단하려 했는데…….'

호신강기가 있는 것도 아니다. 그냥 육체가 어마어마할 정도로 강인했다. 뼈가 단단하고 근육이 질기다. 상처에서는 피조차 흐르지 않았다.

창왕은 가까운 거리에서 주원의 얼굴을 보았다. 주원의 눈이 담은 감정을, 창왕은 잘 알고 있었다. 즐겁지 않다. 긴장하지도 않았다.

무료함, 권태.

지금 이 순간의 싸움이 주원에게는 그렇게 받아들여지는 것이다. 창왕의 눈썹이 씰룩거렸다.

"그래?"

'이, 나랑 싸우는 것인데 재미가 없어?'

창왕의 얼굴에서 웃음이 사라졌다.

창왕은 주원의 옆구리에 박힌 도끼 창을 놓고서 뒤로 물러섰다. 부딪힌 손가락에서 강기 불씨가 튀었다.

주원의 몸이 폭발에 휘말렸다. 그 속에서 그는 휘청거리지도 않았다. 강기의 불꽃 속에서 주원이 우두커니 서서 창왕을 보았다. 창왕은 묵묵히 새로운 창을 꺼냈다.

"걱정 마. 이제 재미있게 해줄게."

불꽃 속에서 주원의 입꼬리가 씰룩거리며 올라갔다.

창왕은 심호흡과 함께 내력을 끌어 올렸다. 손에 쥔 창은 언제나 그랬듯이 무거웠다. 하지만 발끝은 가볍다.

창왕의 발이 앞으로 쭈욱 나아갔다. 공간이 접혔다. 한 걸음으로 주원과의 거리가 좁혀졌다. 불꽃 속에서 주원이 이를 드러내며 웃었다.

주원이 불꽃 속에서 뛰쳐나와 주먹을 휘두를 때, 창은 이미 앞으로 쏘아지고 있었다.

꽈아아아!

주원의 주먹이 공기를 찢어발기며 끔찍한 소리를 냈다.

창왕의 창은 주원의 팔과 비스듬히 교차되어 그의 어깻죽지를 찔렀다. 깊숙이 박아 넣었지만 관통하지는 못했다.

그것으로 충분했다.

장창이 두 자루로 나누어졌다. 창왕은 왼손으로 넘겨 잡은 단창을 주원의 오른쪽 무릎에 내리쩍었다. 관절을 꿰뚫고 들어간 단창을 끝까지 밀어 넣지는 않았다. 재생된 관절 사이에 단창이 그대로 남아 맞물렸다.

조금 휘청거리는 것을 기대했지만, 주원은 호락호락하지 않았다. 그는 처참하게 변한 발로 완벽하게 균형을 잡으며 왼 주먹을 휘둘렀다.

콰르르르!

기교 없이 휘두른 힘의 파도가 창왕을 덮쳤다.

창왕은 호흡을 끊어내며 새로운 창을 꺼냈다. 연달아 뻗은 창이 주원의 권격과 부딪혔다.

주원은 무릎과 어깨를 꿰뚫은 창을 뽑아냈다. 뽑은 창은 주원의 손아귀에서 쉽게 부서졌다.

이렇게 무른 창이 몸을 꿰뚫었다. 주원은 창왕의 실력에 찬사를 보낼 마음으로 수인화를 시작했다.

주원의 몸 깊은 곳에서 우둑거리는 소리가 울렸다. 부푼 몸뚱이를 회색 털이 뒤덮었다. 수인화를 하고서 전력을 다하겠다는 것. 그것이 주원이 적수에게 보내는 최고의 찬사였다.

재밌지?

창왕은 그 질문을 굳이 내뱉지 않았다. 수인화를 끝낸 주원은 두 발로 선 거구의 늑대였다.

웨어울프다.

벌어진 주둥이에서 짐승의 울음소리가 새어 나왔다. 창왕은 새로 꺼낸 창을 양손으로 잡았다.

오싹한 기분. 털이 곤두서고 심장이 쿵쿵거리며 뛰었다. 창왕은 그런 전투의 고양감을 사랑했다.

평생 창을 휘둘러 온 이유는, 이 기분을 조금 더 많이, 오래 느끼기 위해서였다.

'그래, 더⋯⋯.'

이것도 사랑스럽다.

창왕은 자신의 몸이 공중을 날고 있다는 것과 내장이 뒤흔들리는 것을 느끼며 이를 악물고 웃었다. 목구멍에서 올라온 핏물이 악문 이 사이로 뿜어졌다.

'맞았다. 어떻게 맞았지?'

그러한 탐구 또한 사랑스럽다. 통증보다는 앞으로 있을 즐거움이 몸을 떨게 한다.

창왕은 빠르게 허공에서 몸을 뒤집었다. 밤하늘에 크게 뜬 보름달에서 괴물이 떨어지고 있었다.

꽈아아아아앙!

숲이 통째로 뒤흔들렸다. 주원은 발밑을 내려 보았다. 창왕이 없었다. 주원은 굳이 창왕을 찾지 않았다.

한계를 넘어 확장되어 예민해진 감각은 눈으로 보지 못하는 것을 느끼게 해준다. 사각에서 들어온 창 또한 마찬가지였다. 주원은 두 걸음 뒤로 걸었다.

콰가각!

조금 전까지 주원이 서 있던 공간이 터져 나갔다.

"쓥."

창왕은 핏물을 삼키며 왼쪽 옆구리를 더듬었다.

그래도 뼈가 부러지지는 않았다. 무의식적으로 부풀린 호신 강기가 주원의 공격을 막아냈다. 운이 좋았다.

'아니면 놈이 나를 죽일 생각을 하지 않았던가.'

"더 놀고 싶나?"

창왕은 주원을 보며 물었다.

주원에 대해서는 어느 정도 파악하고 있다. 놈에게서 가장 까다로운 것은 불사에 가까운 재생력이 아니라 손톱의 독이 다. 아직 주원은 손톱의 독을 사용하지 않고 있었다.

"나는 사투를 즐긴다."

"비겁한 소리 하지 마, 개자식아. 죽일 만큼 때려도 재생하면서 사투는 뭔 놈의 사투."

카악, 퉤. 창왕은 핏물을 뱉으며 이죽거렸다. 주원은 그 말에 껄껄 웃었다.

"네가 내가 갖지 못한 것을 가진 것처럼, 나 또한 네가 갖지 못한 것을 가지고 있는 것뿐이지."

"아, 그래?"

창왕은 헛웃음을 흘리면서 발끝을 살짝 들어보았다. 가벼

운 내상을 입기는 했지만…… 발은 여전히 가볍다. 괜찮다. 창
왕은 몸 상태의 점검을 끝내고 히죽 웃었다.

테레사는 바들거리며 떨리는 손을 뻗었다. 마법진의 중심에
선 그녀는 심호흡을 하며 주변을 둘러보았다.

이 숲에는 스칼렛과 로이드가 깔아놓은 관측안과 사역마가
가득하다. 테레사는 이곳에서 관측안과 사역마들이 보고 있
는 모든 풍경을 확인할 수가 있었다.

로이드와 스칼렛이 대기하고 있는 곳으로 인외의 괴물들이
진군하고 있었다.

테레사는 보이는 영상 중 한 곳을 의식하며 로사리오를 움
켜쥐었다. 그녀의 몸이 눈부신 신성력에 휘감겼다.

콰지지직!

마법진에서 쏘아진 신성력의 빛이, 테레사가 포착했던 언데
드들을 덮쳤다.

테레사가 노린 것은 데스 나이트들이었다. 그녀의 신성력은
모든 인외에게 강력하게 작용하지만, 특히 언데드인 데스 나이
트와 리치는 신성력에 치명적이다.

[잘했어.]

스칼렛이 텔레파시를 보냈다.

테레사는 꿀꺽 침을 삼키며 자신이 마법진을 통해서 신성력

을 보낸 장소를 확인했다. 널브러진 데스 나이트들의 갑옷이 재가 되어 흩날리고 있었다.

"……신이시여……."

테레사는 두 눈을 질끈 감고서 작은 목소리로 신을 찾았다.

이곳에서 신을 찾아봐야, 다른 세상에 있는 신에게서 답이 돌아오지 않는다는 것쯤은 알고 있다. 그럼에도 테레사는 현세에서 소멸한 데스 나이트들의 혼이 구원받기를 빌었다.

테레사는 이것 또한 알고 있다. 신성력으로 소멸시켰다고 해도, 데스 나이트의 혼은 구원받지 못하고 마왕의 손안으로 돌아갈 뿐이라는 것을.

[그쪽은 어때?]

"아직…… 아무도 오지 않았어요."

[머지않아 퀸이 도착할 거야.]

스칼렛이 굳어 있는 목소리로 경고했다.

테레사는 꿀꺽 침을 삼키며 영상을 확인했다. 스칼렛의 말대로였다. 이쪽을 향해 똑바로 다가오고 있는 퀸의 모습이 보였다.

"고…… 공격할까요……?"

[글쎄……. 지금 아주 느긋하게 걷고 계시는데. 괜히 자극할 필요는 없지 않을까?]

"하, 하지만 이대로 가다가는 퀸이 와버릴 거예요."

[응, 그렇겠지.]

꽈아아앙!

먼 곳에서 시작한 폭발은 바로 앞에서 터진 것처럼 큰 소리를 냈다. 테레사는 비명을 지르며 귀를 틀어막았다.

[미안, 미안. 좀 크게 터졌지?]

"괘, 괜찮으세요?"

[나야 당연히 괜찮지. 리치의 마법 따위로 날 어쩔 수 있을 것 같아?]

혹시 모를 불안감에 테레사는 머리를 돌렸다. 그러자 영상 속에서 관측안을 향해 두 손으로 브이를 그리고 있는 스칼렛과 눈이 마주쳤다.

[봤지?]

"······네······."

[너무 쫄지 마. 할 수 있는 준비는 다 했어. 뱀파이어 퀸, 그 괴물만 아니면 이 숲을 습격한 놈들은 그리 대단하지 않아.]

"네······. 알았어요."

[무섭다고 울지 말고. 최대한 빨리 정리하고서 그쪽을 도우러 갈 테니까······. 다른 쪽은 어때?]

관측안과 사역마를 깔아두기는 했지만 스칼렛이 그것을 직접 확인할 여유는 없었다.

그녀는 밀고 들어오는 요괴와 리치의 군세에 맞서고 있었다. 충분히 준비해 놓은 덕에 그들이 막무가내로 진군하는 것을 받아치는 것은 크게 어려운 일은 아니었다.

"로이드 님은…… 데스 나이트들을 밀어내고 계세요. 고전하고 계신 것 같지는 않아요."

[그쪽은 신경 안 써도 돼. 로이드 님도 실력은 좋으니까. 굵직한 놈들은?]

"백소고 언니와 흑룡협 님이 뱀파이어들과 싸우고 있어요."

[어때 보여?]

"잘…… 모르겠지만……. 두 분 다 어려워하시는 것 같지는 않아요."

[창왕, 그 미친 늙은이는?]

스칼렛의 질문에 테레사가 주변을 둘러보았다. 하지만 아무리 영상을 확인해도 창왕의 모습은 보이지 않았다.

"안 보여요……."

[그 늙은이가 벌써 죽었을 리가 없지. 아무래도 신명 나게 싸우다가 관측안과 사역마를 파괴한 모양이야. 봐봐. 보이지 않는 영상이 있지?]

"네."

테레사는 시커멓게 변해 있는 영상들을 확인하며 대답했다. 제발. 테레사는 로사리오를 꼭 쥐었다.

그녀는 이 숲에서 싸우고 있는, 종언을 막기 위해 몸부림치는 이들 중 누구도 죽지 않기를 간절히 바랐다.

[성민이는 뭐해?]

무슨 대답을 해야 할까.

테레사는 뒤를 힐긋 보았다. 이성민은 습격이 시작되기 전부터 지금까지 호수 너머에 있었다.

울창한 나무 뒤편에서 무슨 일이 일어났는지는 테레사도 알지 못했다. 다만, 아주 끔찍하고 불길한…… 그런 일이 일어났음을 어렴풋이 느끼고 있었다.

그렇기에 테레사는 저쪽에서 일어난 일을 알고 싶지 않았다.

"……기다리고 있어요."

[엉덩이도 무거운 놈이라니까. 자신이 있으니까 기다리고 있는 것이겠지?]

스칼렛은 그렇게 투덜거리면서 활짝 펼친 손을 옆으로 뻗었다. 미리 적어두었던 룬문자가 빛을 발했다.

공간이 갈라지고 그 안에서 마법으로 만들어낸 수백 자루의 검이 쏟아졌다. 그것은 리치들의 마법 결계와 충돌하며 폭발을 일으켰다.

준비해 둔 마법은 그것이 전부가 아니다. 마력만 흘려보낸다면 마법이 즉발적으로 터져 나가도록 준비를 끝내 두었다.

손짓 한 번으로 마력의 포격이 쏟아졌다.

'할 만해.'

리치와 요괴의 저항은 대단하지 않았다.

준비를 충분히 해둔 덕에, 이곳을 떠나지 않는 이상 밀고 들어오는 놈들을 요격하는 것은 그리 어려운 일은 아니다.

오히려 스칼렛은 걱정한 것보다는 쉽다고 여겼다.

적의 주요 전력은 창왕과 백소고, 흑룡협이 묶고 있다. 증원을 위해 떠도는 놈들은 테레사가 원거리 신성 마법으로 요격하고 있다.

'이성민 혼자서는 퀸을 감당할 수가 없어.'

처음부터 퀸이 앞장서서 날뛰었다면 이 방법은 통하지 않았다. 오히려 각개격파되어 제대로 싸워보지도 못했겠지.

이렇게나마 저항할 수 있는 것은 그 덕분이다. 퀸이 그렇게 움직이고 있는 사이에 최대한 빠르게 이쪽의 병력을 정리해야만 했다.

to be continued

소드마스터 힐러님

침락자 퓨전 판타지 장편소설

모두에게 무시당하던 낮은 전투력.
힐러라고 부르기도 민망한 힐량.

모두에게 무시만 받던 나날이었다.

어제까지의 나는 최약의 헌터였다.

하지만 오늘, 검을 뽑은 순간!
나는 더 이상 나약한 힐러 따위가 아니다.

〈소드마스터 힐러님〉

나는 여전히 힐러다.
그리고 최강의 검성이다.

Wish Books

나는 될 놈이다

글쓰는기계 게임 판타지 장편소설
WISHBOOKS GAME FANTASY STORY

판타지 온라인의 투기장.
대장장이로 PVP 랭킹을 휩쓴 남자가 있다?

"아니, 어디서 이런 미친놈이 나타나서……."

랭킹 20위, 일대일 싸움 특화형 도적, 패배!

"항복!"

바퀴벌레라고 불릴 정도로
끈질긴 생명력을 가진 성기사조차 패배!

"판타지 온라인 2, 다음 달에 나온다고 했지?"

평범함을 거부하는 남자, 김태현!
그가 써내려가는 신개념 게임 정복기!

밥만 먹고 레벨업

박민규 게임 판타지 장편소설
WISHBOOKS GAME FANTASY STORY

바사삭, 치킨, 새벽 1시에 먹는 라면!
그런데 먹기만 해도 생명이 위험하다고?

가상현실게임 아테네.
먹고 싶은 음식을 먹을 수 있는 유일한 방법!

[식신의 진가가 발동됩니다.]
[힘 1, 체력 1을 획득합니다.]

「밥만 먹고 레벨업」

"천년설삼으로 삼계탕 국물 내는 놈이 세상에 어디 있냐!"
"여기."

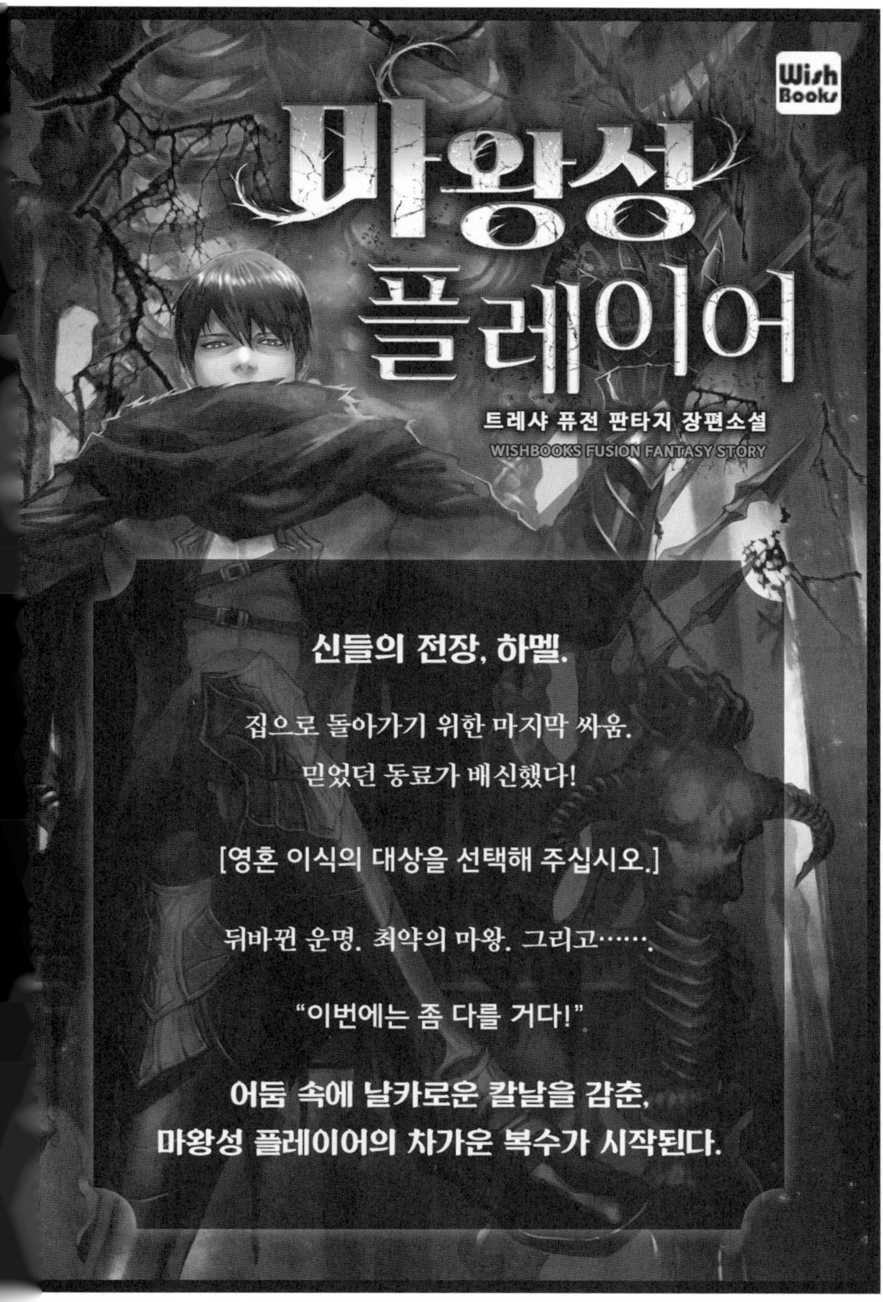
Wish Books
마왕성 플레이어
트레샤 퓨전 판타지 장편소설
WISHBOOKS FUSION FANTASY STORY
신들의 전장, 하멜.
집으로 돌아가기 위한 마지막 싸움.
믿었던 동료가 배신했다!
[영혼 이식의 대상을 선택해 주십시오.]
뒤바뀐 운명. 최약의 마왕. 그리고…….
"이번에는 좀 다를 거다!"
어둠 속에 날카로운 칼날을 감춘,
마왕성 플레이어의 차가운 복수가 시작된다.